聞き耳幻八 暴き屋侍

◆

吉田雄亮

コスミック・時代文庫

この作品は二〇〇六年九月に刊行された『聞き耳幻八浮世鏡　黄金小町』（双葉文庫）を改題し、大幅に加筆修正を加えたものです。

目次

第一章　大川《おおかわ》ノ辺《あたり》

一

朝靄《あさもや》の立ちこめる大川の岸辺の、群生する葦《あし》にからまれるように、それは、あった。川面《かわも》から突き出ている。真っ白な、伏せたふたつのお椀《わん》にみえた。お椀にしては、大豆《だいず》大の突起があるのが奇妙であった。

見いだしたのは早朝、釣りにきた大工の棟梁《とうりよう》だった。岸辺に漂っている、なにか得体のしれないものがどうにも気になり、おそるおそる近づいていった。それが女の死体であるとわかったとき、不覚にも大きな図体《ずうたい》にも似合わぬ恐怖の叫びを発してへたりこんでいた。

棟梁が恐怖から立ち直るには、さほどのときを要しなかった。竿に魚籠《びく》といった釣り道具をおっぽりだし、走りに走って尾上町《おのえちよう》の自身番へ駆け込んだ。

訴えをきいたのは、無宿者《むしゆくもの》の取調べのために自身番に出張《でば》っていた、同心の石《いし》倉《くら》五助《ごすけ》だった。

石倉五助は、北町奉行遠山左衛門尉景元《とおやまさえもんのじょうかげもと》こと遠山金四郎《きんしろう》の配下の者で、同僚から石部金吉《いしべきんきち》と陰口を叩かれるほど、お役目大事のくそ真面目、それでいて粗忽《そこつ》な一面を持つ人物であった。つまるところ、何事にも要領と手際のよさを要求される町方の与力、同心にはおよそ不適格な、不器用者といえた。

しかも、天保十二年（一八四一）のこの年に、筒井紀伊守政憲《つついきいのかみまさのり》の後任として江戸北町奉行に就任したのは、腹の底では何を考えているかわからない、つかみ所のない性格の持ち主、と噂される遠山金四郎であった。

部屋住みのころ、父から勘当されるほどの無頼《ぶらい》、放蕩《ほうとう》に溺れこんで、浮世のすみずみまで知り尽くした、要領と手際のよさだけが取り柄ともいうべき人物だったのである。

金四郎には、背中から両の胸、二の腕にかけて桜の彫物《ほりもの》があるといわれていた。

彫物があるのは武士としては恥ずべきこと、とされていた時代である。金四郎はそのことを肝に銘じてか、湿気と暑さで耐えがたい真夏でも、つねに手甲《てっこう》を身につけ、手首まで隠して、けっしてとることはなかった。

ちなみに、その彫物は巷間《こうかん》につたえられる桜ではなく、女の生首が手紙をくわえた図柄で、それも背中一面ではなく、右の二の腕だけにあったという説もある。

女の溺死体が、御船蔵《おふなぐら》近くの大川端《おおかわばた》に流れ着いたと聞いた石倉は、とにもかくにも時をおかず死体を引きあげねばなるまい、と考えた。流れの微妙な変化によって、万が一、御船蔵に女の死体が漂着したら、のちのち面倒なことになりかねない、と判断したからだ。

石倉は配下の小者与吉《よきち》と仙太《せんた》のほか、自身番の番人たちを引きつれ、棟梁に案内させて死体が流れ着いた川岸へ走った。

石倉は、女は溺死と推量していた。溺死の場合、男はうつ伏せに浮かび、女は仰向けに水面を漂う。先達から検死の心得として教えこまれていたのである。

大川の堤を駆け下りながら、棟梁が指さした女の死体を見たとき、石倉の推定は確定にかわった。

葦にからまれた女の骸は、乳房を水面から突出させ、仰向けに揺らいでいた。

「骸を引きあげろ」

石倉の下知《げち》に小者たちはおもわず顔を見合わせた。だれが先に入るか、探り合いをしているのはあきらかだった。

「もういい。俺がやる。与吉、刀と着物を持っていろ。残暑厳しき折りだ。風邪をひくこともあるめえ」

いうなり、石倉は腰から大小の刀と十手《じって》を引き抜き、与吉に押しつけた。

「だ、旦那。あっしが、あっしがいきます」

仙太が帯を解き、下帯ひとつになった。

わざとらしく、派手に咳をした仙太に石倉が怒鳴《どな》った。

「早くしろ。日が暮れちまうぞ」

「行きます。旦那のためなら、たとえ火の中水の中、とくらあ」

ざぶざぶと水に入っていく仙太に、渋々ながら与吉が、着物を脱ぎ捨ててつづいた。

女の躰《からだ》をこれ以上傷つけないように、からんだ葦を一本ずつていねいに引きはがしながら、両側から女の死体を抱えあげた与吉と仙太が、岸辺に上がってきた。

「仰向けに置け」

うなずいた与吉たちが、壊れ物でも置くように、そっと女の死体を横たえた。

近くでみると女はなかなかの美形だった。年のころは二十二、三といったところか。躰に視線を走らせた石倉は、うむ、と首をかしげた。溺死にしては女の腹が膨らんでいなかったからだ。溺死の場合は大量の水を呑《の》みこむためか腹がはちきれんばかりにぱんぱんに膨らんでいる。

その顔には色香《いろか》すらただよっていた。石倉は、ごくり、と生つばを呑み、あわてて視線をそらした。

その目線のはしが、奇妙な赤黒い染みとおぼしきものをとらえた。じっと目をこらす。染みは乳房やその周辺に集中していた。大きさはさまざまで一定していない。

見きわめようと顔を近づけた石倉の耳に、とぼけた男の声が飛び込んできた。

「五助ぇ」

振り向いた石倉の顔が苦く歪んだ。

呼びかけたのは月代《さかやき》をのばした、着流しの、浪人者としかみえない男だった。濃い眉の下の切れ長な冷ややかな眼。陰影の深い、孤独の影を宿す顔立ちとはおよそ無縁な、へらへら笑いを浮かべて、のどかに手を振っていた。

浪人体の男は、ふたたび、にやり、と笑いかけた。土手を小走りにおりてきて、着物の裾《すそ》をまくり上げながら、当然のごとく石倉のかたわらに坐り込んだ。

「いま流行《はや》りの辻斬りの仕業《しわざ》かい」

石倉は問いかけた男から顔をそむけた。

「遠慮してもらいたいな。ここは御用の筋しか立ち入れないところだぜ」

冷たい口調だった。男はなれなれしく石倉の肩に手をかけた。

「なあ、五助。他人行儀なことをいうねえ。いまでこそおまえは養子にいって、れっきとした北町奉行所の同心さまだ。が、もとをただせば、おれとおまえは貧乏御家人の小せがれどうし。鼻をたらしたガキのころからつるみあって悪さもしたし、たまにはいいこともした、いわば幼なじみだ。つれなすぎるってもんだぜ」

「おれは一度も悪さをしたことはない」

石倉は肩にかけられた男の手を邪険にひっぺがした。

「おれは御役目の最中だ。引きあげてくれ。読売《よみうり》の文言書《もんごんが》きにうろちょろされたら迷惑だ」

顔をそむけた石倉の顔をのぞきこんだ男が、それまでのへらへら笑いを引っ込めて、ただでさえ凍《こご》えた光を発する切れ長な両の眼《まなこ》を細めていった。

「いいのか。町方の不浄役人の分際で、天下の御家人の朝比奈《あさひな》幻八《げんぱち》を、そこらの町人同様にあつかっていいのか、と聞いてるんだよ。それとも、おれが四十俵二人扶持《ぶち》の、小身者だとあなどるのか」

「いや。そんなつもりはない……」

「いいか。無役だが、おれは日頃から世の中の役に立ちたいと心がけている、正義感あふれる熱血の士なんだ。この世の悪を暴《あば》き立て、追及するために読売の文言書きに命をかけてるんだ。おれの内職は、ただ喰わんがためのものではないんだぞ。わかってるのか、五助」

石倉は黙り込んでいる。

事実、聞《き》き耳《みみ》幻八を通り名に、読売の文言書きや人情本などの戯作《げさく》をしているこの男は、れっきとした四十俵二人扶持、小普請組組下の御家人・朝比奈鉄蔵《てつぞう》の嫡男《ちゃくなん》である。ゆくゆくは朝比奈家の跡目を継ぐことが約束された身であった。

幕政の定めた職制からいえば、御家人の五男坊から江戸町奉行配下の、不浄役人とさげすまれる同心の石倉家へ養子にはいった五助などが、対等の立場で口をきける相手ではなかった。

隣同士の幼なじみだったが、むかしから石倉は幻八が苦手だった。しかし、なぜか幻八は、石倉が露骨にきらっている態度をしめしても、にたにた笑いをうかべて近づいてきて、友だちづらをするのだった。

(天敵だ。まさしく、腐れ縁の、天敵だ)

石倉の思惑を知ってか知らずか、幻八はじっと石倉を見据《みす》えたまま、身じろぎもしない。

重苦しい緊迫感が二人の間にただよっていた。

石倉は必死に怒りを押し殺していた。拳《こぶし》が震えだしそうになるのを、懸命に堪《こら》えている。

いつもこうだった。幻八に見据えられると、蛇に睨まれた蝦蟇《がま》みたいにすくみあがって、身動きひとつできなくなってしまう。だからといって、幻八が石倉を殴ったことなど一度もなかった。しかし、いつのまにか石倉は幻八のいいなりになってしまっていた。

(なぜだ。なぜなんだ)

石倉は胸中で呻《うめ》いた。

「五助、わかってくれたようだな」

幻八が耳もとでささやいた。

絶妙の間だった。

石倉は、なかば反射的にうなずいていた。

「同心石倉さまのお許しが出た。死体をあらためさせてもらうぜ」

石倉をおしのけた幻八は、死体の傍《かたわ》らににじりより手を合わせて、

「南無阿弥陀仏《なむあみだぶつ》」

と、神妙にとなえた。が、つづいてその口から発せられたことばに、石倉たちは呆《あき》れかえった。

「いい女だ。もったいねえ」

幻八は、いうだけでは物足りなかったらしく、女の乳房を指でさすりだした。

ふう、と軽く息をはき、しばし物思いにふけっているかのような、陶然《とうぜん》とした顔つきをしていた。やがて、気をとりなおしたように、今度は女の秘部に顔をちかづけ、のぞきこんだ。

与吉たちがいやしい笑いをうかべて、そんな幻八をながめている。

石倉は我慢できなくなった。

おもわず声をかけていた。

「みっともないぞ、幻八。相手は死人だ。女日照《ひで》りにもほどってものがあるだろうぜ」

「肝心なものが見えてねえようだな、五助。御用をつとめるお役人なら、もっとていねいな調べをやるこった。見ろ」

見つめた石倉がおもわず呻いた。顔を近づける。

「これは……」

「古代、邪馬台国《やまたいこく》を支配した卑弥呼という女王は、女陰《ほと》を刃でつらぬかれて暗殺されたというぜ。この女は卑弥呼とおなじ殺され方をしたんだ。秘所に刃を突き立てられたんだよ」

「たしかに」

呻くように応じた。

「ついでにいっとくが、女の乳房や尻に点々と残っている赤黒い染みは、口吸いのあとだ。さんざん女をいたぶったあげく、情け容赦なく殺したに違《ちげ》えねえ」

石倉はうなずくだけの、ただの聞き役と化していた。

幻八がそんな石倉に揶揄《やゆ》した笑みを向けた。

「ま、妻女大事の一穴主義。養子の身でほかの女には色目もつかえねえ、哀れな籠の中の雄鳥《おんどり》みてえな石倉五助同心さまにゃあ、女の躰についた染みの機微は、わからねえだろうな。ま、女の身元がわかったら教えてくれ」

「しかし、女は川面に仰向けに浮かんでいた。仰向けに浮かぶのは溺死のあかしだ。溺死じゃなかったら、なぜ、女が仰向けに浮かんでいたんだ」

納得がいかないのか、石倉はもごもごとつぶやいた。そのひとりごとを幻八が聞きとがめた。

「葦にひっかかって、たまたまそうなったんだろうよ。友だちがいにいつも忠告してるだろう。調べは念入りにやれ、とな」

にべもない口調だった。

唸ったきり黙りこんだ石倉を見向きもせず、幻八は女の顎《あご》に手をかけ、見やすいように顔の向きをかえた。

顔をしげしげと見つめた幻八の目が、はた、と見開かれた。

「こいつは……」

ことばをのみこんだ幻八に、石倉が身を乗り出した。

「仏を知っているのか」

「勘違いだ。この事件、読売のいいタネになる。邪魔したな」

着物の裾をおろして立ち上がった幻八は、さっと踵《きびす》をかえした。

立ち去る幻八の後姿を凝視していた石倉が、与吉の耳もとでささやいた。

「なにか隠してやがる。幻八から目ぇはなすな」

「合点《がってん》」

ぎょろりと、どんぐり眼《まなこ》を光らせた与吉は、小太りの躰を丸められるだけ丸めて、小走りに幻八のあとを追った。

二

幻八は御竹蔵を右に見て歩みをすすめ、堀川に架かる小橋を渡りかけて立ち止まった。欄干のそばにたち、川面をながめるふりをして、さりげなくもときた道を振りかえった。

その視線のはしが、泡をくって武家屋敷の塀蔭に飛び込む、与吉の姿をとらえた。

(あれでも後をつけているつもりか)

幻八は噴き出しそうになるのを懸命にこらえた。わざとらしく咳払いをし、ことさらに気むずかしいさまを面《おもて》につくって、欄干からはなれた。

与吉の尾行はつづいている。おそらく五助が、幻八が女の身元に気づいたことを察して命じたのだろう。そう判じた幻八は着物の裾をからげるや、脱兎のごとく走り出した。

与吉は虚をつかれて、大いにあわてた。血相を変えて幻八の後を追った。

が、幻八の動きは素早かった。石原町《いしわらちょう》の川沿いの道が二手に分かれたところを、右へ折れたあたりで見失った。

（まずい）

その一心でひた走りに走った与吉は、弁天社《べんてんしゃ》の塀の切れたところで立ち止まった。

あたりは旗本屋敷がたちならぶ一画で、人の往来の多いところではない。何本かの横道があるこの通りでは、一度見失ったら、見つけだすのは容易ではないとおもえた。

茫然《ぼうぜん》と前方をながめた与吉は、背後に人の視線を感じた。おずおずと振り向く。

そこには、信じられないものがいた。

弁天社の鳥居の前に、幻八が立っていた。

与吉は、さしてまわりのよくない頭で、懸命に状況を見極めようとした。

刹那《せつな》――。

与吉は恐怖の叫びを発していた。

幻八が大刀《だいとう》を抜きはなち、与吉めがけて突進してきたのだ。

全身総毛《そうけ》だった与吉は、死にものぐるいで走り出した。

幻八が凄腕《すごうで》の剣士だということを、与八は知っていた。幻八の父、鉄蔵は鹿島《かしま》神陰流《しんかげりゅう》の免許皆伝の剣客《けんかく》で、幼少のころから厳しく鍛えあげ、近所に住む御家人たちが、

「朝日奈鉄蔵は嫡男幻八を、度の過ぎた鍛錬のはてに打ち殺すにちがいない」

と口々に噂しあったほどの、凄まじい鍛えぶりであった。

鹿島神陰流は剣、薙刀《なぎなた》、槍、鎌、突棒《つくぼう》などの武芸全般をつたえる、実戦本位の古武道で、当時、すでに忘れ去られた武芸流派として、修行するものもほとんどいない不人気な流派であった。

ただし幻八は、いわゆる武術の道場というものに一度も通ったことがない。鹿島神陰流のすべての技を父、鉄蔵から教えこまれた以外、正式に剣術を習ったことなどなかった。

したがって、武術の腕前はともかく免許皆伝、目録などといった、いわゆる腕

前の証左となるものは何一つ持ち合わせていなかった。

が、幻八の腕のほどを与吉は現実に見聞している。経緯《ゆくたて》はわからぬが、両国広小路《りょうごくひろこうじ》の盛り場で、土地《ところ》を縄張りとするやくざ十余人と幻八が渡り合ったのを、目撃したのだ。

幻八は刀を抜きはなつや、踏み込んで左右のやくざふたりを袈裟《けさ》、逆袈裟と叩き打っていた。

やくざどもが、おおげさに激痛の呻きを発して倒れるのに血飛沫《ちしぶき》もあがらない。

（峰打ちで倒されたんだ）

と、あとで気がついた。その場では、大刀を峰に返すところが見えなかった。それほどの早業《はやわざ》だった。

その幻八が抜き身を片手に追いかけてくる。「逃げろ」と命じる与吉の意志より怖れのほうがまさった。

与吉の足がもつれにもつれて、ついには動かなくなった。

（殺される）

へたりこんだ与吉は観念の目を閉じた。

背後から足音が追ってきた。ゆったりとした足取りだった。

与吉の体が大きく震えだした。歯が小刻みに鳴っている。止めようとしたが止まらなかった。

足音が近寄ってきて、止まった。

与吉は我慢できなかった。

おもわず悲鳴をあげていた。

「びっくりするじゃねえか。いきなりでけぇ声だしてよ」

のんびりした幻八の声とは裏腹に、与吉の眼前にさしだされたのは、鈍《にぶ》い光を放つ大刀だった。

「ひっ」

与吉は驚愕にすくみあがった。あまりの衝撃に体が勝手に反応し、飛び上がっていた。

「だれの指図《さしず》だ。五助がおれをつけろ、といったのか」

「そのとおりで」

与吉は額を地面にすりつけていた。雨も降っていないのに地面が濡れている。

鼻をつく奇妙なにおいがした。

「与吉、頭をあげろい。てめえでもらした小便に、顔をすりつけるほど酔狂《すいきょう》だとはおもわなかったぜ」

幻八のことばに与吉は、はっと目を見開き、地面を見た。

水たまりができていた。

与吉は不覚にも、恐怖のあまり失禁していたのだ。

与吉は水たまりから逃れるように、尻餅《しりもち》をついたまま後ずさった。情けないことに、水たまりは与吉の動きにつれて広がった。

「着替えて出直してこい。おれは阿部川町《あべかわちょう》の読売の版元《はんもと》、玉泉堂《ぎょくせんどう》にいる。知らない仲じゃあるめえし、こそこそ後をつけるから、おれもちょいとからかいたくなるじゃねえか。これからは面倒くさいことはやめな」

鍔音《つばおと》高く大刀を鞘《さや》にもどした幻八が、ゆっくりと踵を返した。

三

「深川《ふかがわ》は門前仲町《もんぜんなかちょう》の芸者染奴《そめやっこ》に間違いないんだね」

玉泉堂の主《あるじ》、仲蔵《なかぞう》が目を光らせた。小太りで短軀《たんく》。猪首《いくび》に乗った大きめの丸顔の中心に座りのいい獅子っ鼻が鎮座し、小さな細い目と対照的な、分厚い唇の大きな口が配置されている。太い首を突き出して幻八を見つめた目の奥に、狡猾《こうかつ》なものがあった。

「見聞違うことはない。駒吉《こまきち》の家にときどき遊びにきていた。それもまったく化粧っ気のない顔でな」

胡坐《あぐら》をかいた幻八が、毛むくじゃらの臑《すね》を掻きながら応じた。

「そうでしたね。幻八さんの情婦《いろ》は、門前仲町で三本の指に入る鉄火《てっか》芸者《げいしゃ》と評判の女でしたね」

うむ、と得心がいったように大きくうなずいた。

幻八は仲蔵が話に乗ってきたことを察し、わざとらしく視線を宙に浮かせた。上がり端《はな》からつづく板の間の奥にある座敷に、幻八はいる。玉泉堂に出入りする者たちの、溜まり場ともいうべき部屋であった。

「筋書を聞きやしょう」

仲蔵がいった。

ゆっくりと目線を向けて、応えた。

「まず女の死体が、大川は御船蔵近くに浮いた。女はなかなかの美形で、どこの何者か続報で明らかにする、と読み手の気を引く終わり方で第一報を出す」

「なるほど。ひとつのタネで二度儲けるわけですな」

「二回売るだけでお開きになるタネじゃねえ。染奴をめぐる色模様はたっぷり仕入れてある。もっとも駒吉と染奴の世間話をそばにいて耳に挟んだ、棚からぼた餅みたいなもんだがな」

「できるだけ裏をとっておくんなさい。名を出さなくとも、読んだら染奴の相方が、どこの誰かわかるような書き方をしてもらいたいんでね」

「第一報を書き終えたら裏取りに歩く。奥の、いつも文言書きに使う座敷はあいてるな」

「いつでも使えるように準備万端ととのってまさあ。急ぎの仕事だ。手早い彫師を手配しやしょう。売り手は際物師《きわものし》の弥吉《やきち》にやらせるつもりで」

「それはいい。あいつの思わせぶりな売り方は、こんどの読売にはぴったりだ」

「弥吉を軸にふたりほど際物師を仕立てやしょう。わたしの勘が、この読売は評判を呼ぶ、といってまさあ」

　仲蔵は薄ら笑いを浮かべた。

「さあ大変だ。大変だ。大川端にすっ裸の女の死体が浮いたよ。それもとびっきりの別嬪《べっぴん》ときている。子細のほどはこの読売にきっちりと書いてあるぜ」

笠をかぶり、読売を入れた風呂敷包みを背負った瓦版《かわらばん》売りの弥吉が、手にした読売の束を掲げて声を振りしぼっている。

金龍山浅草寺《きんりゅうざんせんそうじ》の、五重塔の九輪《くりん》からつらなる宝珠《ほうじゅ》が、昼下がりの陽光に映えてまばゆいばかりの黄金色《こがねいろ》を発していた。

幻八は蔵前《くらまえ》の町屋の軒下《のきした》に立って、群がる野次馬たちが、弥吉から読売を買うさまを眺めていた。二刻（四時間）ほどで幻八が書き上げた文言を、彫師が木版に彫り、翌日の朝には刷り師が刷り上げた読売であった。

弥吉たち際物師は、昼四つ（午前十時）過ぎに玉泉堂を飛び出していった。いま弥吉の背負った風呂敷包みは、だらりと首から垂れ下がっている。さながら肩掛けのようにみえた。持って出た読売を、ほとんど売り尽くしたのだろう。

読売を手に野次馬たちが散っていく。弥吉はこの場での商いはここまでと判じたのか、ゆったりとした足取りで浅草寺へ向かって歩いていった。

さすがに弥吉は、仲蔵が見込んだとおり一流の際物師であった。野次馬たちの興味のほどを膚《はだ》で感じとるや足を止め、声を上げて惹句《じゃっく》をならべたてる。幻八はなかば感嘆のおもいで、弥吉の瓦版売りの職人業に見とれていたのだった。

瓦版売りには際物師のほかに唄もの師と呼ばれる売り手もいる。粋な身なり、月代に置き手拭《てぬぐ》いといった出で立ちで、手にした長い一本箸で、読売の紙面を指しながら、小唄などを口ずさんで売る。いい声で美男であることが、唄もの師になるための必須要件でもあった。

「よみうりハ箸一本で飯をくひ」

と唄もの師を評した川柳子《せんりゆうし》は、同じ瓦版売りである際物師を、

「読売の笠冬枯れの蓮《はす》のよう」

と揶揄している。

幻八は、駒吉の住まいのある深川は蛤町《はまぐりちよう》へ足を向けた。幻八が駒吉の家に居候《いそうろう》を決め込んで、そろそろ二年になる。

駒吉は、幻八が無断で家をあけるのを極端に嫌っていた。一晩でも帰らなかったら、幻八が玄関の引き戸を開けるなり奥から飛び出してきて、行く手を塞《ふさ》ぐように上がり框《かまち》に突っ立ち、柳眉《りゆうび》を逆立てて睨みつける。

「別に焼き餅を焼いてるわけじゃないよ。一度でも同じ屋根の下で住み暮らしたら、たとえ犬猫といえども突然帰ってこなくなったら気になるだろう」

一気にまくしたて、さらにつづける。

「どこでおっ死《ち》のうと勝手だよ。でもね。行き倒れるんなら、きっぱりあたしと縁を切って、家を出てってからにしておくれ。なにかと後味が悪いじゃないか」

一言でも言い訳をしようものなら、二倍どころか、三倍にも四倍にもなって鉄火なことばが返ってくる。言いたいだけ言い、くるりと背中を向けて奥へ引っ込んでしまうまで、幻八は土間に突っ立ったまま家に上がれずじまいの、立ちんぼでいざるをえない。昨夜は玉泉堂で一夜を明かしていた。そのことをおもうと気が重かった。

が、父鉄蔵と妹深雪《みゆき》が待つ本所《ほんじょ》の家に帰る気はさらさらなかった。自由気儘《きまま》になれきった身である。武家屋敷の立ちならぶ一画、まわりの目もある。それなりのけじめが、日々の暮らしに要求された。

(微禄で、その日暮らしの極貧に甘んじる御家人に、守るべき面子《メンツ》などあろうはずがない。すべて虚栄、見栄がなせることなのだ)

とのおもいが強い。

結局、幻八の足は自然と蛤町へ向いていた。駒吉は実の名をお駒といい、置屋に属しない一本立の芸者であった。

深川は江戸の巽《たつみ》の方角に位置している。そのためか、深川芸者のことを俗に辰《たつ》巳《み》芸者といい、羽織芸者、羽織とも呼んだ。

深川は吉原のように公許された遊里ではない。いわゆる岡場所、私娼窟であった。富岡八幡宮《とみおかはちまんぐう》門前仲町、土橋《どばし》、櫓下《やぐら》、裾継《すそつぎ》、佃《つくだ》（アヒル）、新地、網打場《あみうちば》、常盤《ときわ》町《ちょう》などの深川七場所が主な盛り場だった。

大川をへだてた、江戸府外の地にある深川は、永代橋《えいたいばし》を渡らねば行けない辺鄙《へんぴ》な場所であった。そのため永代島などとの蔑称で呼ばれることが多かった。鉄火を売り物とする辰巳芸者に代表される、雑駁《ざっぱく》な、それでいて人情にあつい土地柄が町人たちに好まれ、吉原と並ぶ遊里として殷賑《いんしん》を極めていた。

幻八は仙台堀《せんだいぼり》沿いに歩みをすすめた。堀川をはさんで、正覚寺《しょうかくじ》や玄信寺《げんしんじ》など数軒の寺がつらなる一画に面しているところから、俗に寺裏といわれる冬木町《ふゆきちょう》と蛤町との境の裏通りに、駒吉の住まいはあった。

手伝いの老婆、お種《たね》が昼間通ってきて、掃除や家事の世話をしている。ほどなく八つ半（午後三時）というこの時刻には、まだお種が家にいるはずだった。駒吉は、お種がいようがいまいが一向にかまわず、幻八に悪態をつきまくる。お種は気を利かしてか、猫の額ほどの庭に出て、隣家との境の塀沿いに植えた草花などの手入れをしているのがつねだった。

わずかでも武士の面子にこだわっている者なら、駒吉の伝法《でんぽう》な物言いに腹を立てたに違いない。が、御家人の暮らしにほとほと愛想が尽きている幻八には、多少の煩《わずら》わしさは感じても、むきになっておもいをぶつけてくる駒吉が、かわいらしく見えるときすらあった。

（ようするに、おれは駒吉に惚れているのだ）

幻八は駒吉との馴《な》れ初《そ》めを思い浮かべて、おもわずにやりとした。

深夜、お座敷帰りの駒吉が酔っぱらった土地のやくざたちにからまれ、あわや落花狼藉《らっかろうぜき》、凌辱《りょうじょく》の憂き目にあおうとしたとき、たまたま通りかかった幻八が助けたのだった。

「このままお礼もしないで終わるわけにはいきません。家はすぐ近く。せめてお茶なりとも」

請《こ》われるまま住まいに上がり込んだ幻八は、すすめられるまま酒を呑んだ。もともと嫌いな質ではない。さしつさされつするうちに、酔いの回った駒吉が軽口をきくようになった。冗談口を重ねるうちに軽く叩くふりをしたり、甘えた素振りをしはじめた。何度か叩く素振りを繰り返すうちに体勢を崩した。しなだれかかるように幻八の胸元に倒れ込んだ。

駒吉は辰巳芸者として名を売っているだけに、色っぽい、いい女だった。上目遣いに見あげた目元がうるんでいて、誘うような色香があった。襟元《えりもと》からのぞく桜色に染まった肌が、幻八のこころを奪った。そのまま横倒しに崩れた。

不思議なことに駒吉は抗《あらが》おうとはしなかった。自然にまかせた時の流れのなかで、いつのまにかふたりは理無《わりな》い仲になっていた。

「一目惚れ。そのおもいが膨れあがったあげくのことさ」

事が終わったとき、幻八がいったひとことに駒吉が応じた。

「このまま帰すわけにはいかないよ。こう見えても、門前仲町の遊里では名の売れた駒吉姐さんだ。通りすがりの男におもちゃにされたとあっちゃ、女がすたるってもんだ」

訝《いぶか》しげに見つめた幻八を見つめ返して、駒吉がつづけた。強いものが目の奥にあった。

「このままここにいておくれ。あたしが出て行け、っていうまでいるんだ。これだけのことをしたんだ。あたしのこころを盗んでみな。それぐらいの苦労をしてもいいんじゃないのかい」

いま考えてみたら妙な理屈だが、駒吉の迫力に押されて、幻八はおもわずうなずいていた。

歩きながら、その日のことを思い浮かべた幻八は、

「つまるところ、駒吉もおれに一目惚れしていたのさ」

と無意識のうちに口に出していた。

一つ屋根の下に住み暮らしてみると、駒吉は鼻っ柱は強いものの、細かいところに気遣いのある、世話好きな女だった。尻に敷かれることにはさほど腹の立たない幻八だったが、無断で家を空けたときの駒吉の癇癪《かんしゃく》には、いささか閉口していた。

なんとか駒吉の怒りを鎮めるうまい手立てはないものか、と思案しながら歩いてきたが、おもいつかぬまま、いつのまにか駒吉の住まいの前に立っていた。

「ままよ。当たって砕けろ、だ」

意を決して、表戸を開けた。足を踏み入れる。

いきなり奥から駒吉が飛び出してきた。いつもは奥の座敷でのっそりと立ち上がる気配があり、ふてくされた足取りで出てくる。つねと違う動きに、幻八は焦

った。

「すまねえ。この通りだ」

先手を打った幻八は片手拝みにそういい、深々と頭を下げた。いきり立った金切り声が浴びせられるはずだった。が、返ってきたのは予想外のことばであった。声に隠しきれない不安があった。

「おまえさん、なにか、やらかしたのかい」

「なんかあったのか」

顔を上げて、問いかけた。

「北の石倉の旦那の使いで、さっき与吉さんがやってきたのさ」

「与吉が」

尾行を見破られた石倉五助がなんらかの手を打ったに違いない、と幻八は推量した。

駒吉がつづけた。

「昨日、大川端にあがった仏の骸《むくろ》は御船蔵近くの自身番に安置してあると、おまえさんにつたえてくれ。それだけいって、そそくさと引き上げていったよ。いつもなら、お茶の一杯でもご馳走になりたいとのそぶりが見え見えなのにね」

「そうかい。五助の野郎、なめた真似をしやがって」

幻八が仏の正体を知っていることに気づいていると、言外につたえようとしているのだ。

「仏というと、今日売り出した読売に書かれていた女のことかい」

無言でうなずいた幻八は見つめ返して、問いかけた。

「染奴はどうしている？」

駒吉は視線を宙に浮かせた。

「そういえばここ数日、三味線《しゃみせん》の稽古に顔を出してないね。芸には厳しい人だから、どこか具合でも悪いんじゃないかと心配してたんだけど」

そこでことばを切って黙り込んだ。ややあって、はっとしたように幻八に目を据えた。

「まさか、読売の仏が染奴ちゃんだというんじゃあるまいね」

「その、まさか、だ。おれは骸をあらためた。様相は変わっているが、まず染奴に間違いねえ」

「そんな、おまえさん。あたしと染奴ちゃんは同じ十四の年に門前仲町の遊里に身を沈め、たがいに助け合い慰め合った、いわば稼業上の幼なじみみたいな仲なんだよ。嘘だろ。嘘だといっておくれ」

「確かめにいくかい」

「お座敷にはまだ間がある。一緒にいってくれるかい」

「ああ。おれも、いくつもりでいたんだ」

「ちょっと待っておくれ。支度《したく》するからさ」

駒吉はいそいそと奥へ引っ込んでいった。ふたり顔をそろえて染奴の住まいに出向いたほうが、話を聞き出すには何かと好都合と考えていた。どうやって切り出すか思案に暮れていたところへ駒吉のほうから、

「一緒に」

といいだしてくれて、渡りに船といった案配の幻八だった。

「おまえさん、いつもの履物《はきもの》をだしておくれな」

黒い羽織に袖を通しながら出てきた駒吉が、声をかけてきた。

「人を見て物を頼みな。おれはれっきとした、将軍家直参の、天下の御家人さまだぜ」

不満げに鼻を鳴らしながら、土間の一隅に置かれた、黒塗りの木地に紅い鼻緒の、女ものの下駄に手をのばした。

四

「それじゃ染奴ちゃん、三日前から帰ってないんだね」

駒吉が声を高ぶらせた。三十三間堂《さんじゆうさんげんどう》近くの入船町《いりふねちよう》にある、染奴の住まいの奥の間で、幻八と駒吉は住み込みのお杉《すぎ》婆さんと向かい合って坐っている。

「どうしたもんか、迷ってたんですよ」

お杉は溜め息をついた。染奴はあちこちで浮き名を流している芸者だった。そのせいか二日、三日家を空けるなど日常茶飯事のことであった。

「けどね。こんどばかりは不吉な予感がするんですよ。なんか背中がぞくぞくするような、厭《いや》な気分がね」

お杉はことばをきった。ややあって、つづけた。

「今夜一晩様子をみて、もし帰ってこなければ、明日の朝一番に自身番へ届け出ようとおもってたんですよ」

「おまえさん」

駒吉が不安げな視線を幻八に向けた。

「自身番に出向いて、お杉さんに顔あらためをしてもらうしかねえな」

駒吉は下唇を噛《か》んで黙り込んだ。顔を上げて、いった。

「これからお座敷に出なきゃならないんだよ。休むわけにはいかないし、困ったねえ」

「おれとお杉さんが自身番に行く。仏が染奴だったら、お杉さんに知らせに走ってもらう。知らせがなかったら、人違いだったって段取りにしようじゃねえか」

「そうだね。それしかないね」

自分にいいきかせるようにつぶやいた駒吉は、お杉を見つめていった。

「お杉さん、聞いての通りだ。申し訳ないけど、この人と一緒に自身番まで足を運んでおくれな」

「ほかならぬ駒吉姐さんのおことば、断るわけにはいきますまい」

「話は決まった。支度してくんな」

遊里のつきあいは、たがいのかかわりの深さによって変わってくる。日頃つきあいのない幻八では、事は、こううまく運ばなかったはずなのだ。

（駒吉が一緒にきてくれて助かったぜ）

支度をするお杉を横目にみて、そう心中でつぶやいていた。

御船蔵近くの自身番にやってきた幻八とお杉を出迎えたのは、上がり框に腰をかけていた与吉だった。幻八たちを見いだした与吉はあわてて立ち上がり、奥の座敷へ向かって声をかけた。

「旦那、朝比奈さまがお見えですぜ」

「やっと来たか」

奥の座敷で声がして、障子のうしろから石倉五助が姿を現した。じろりと視線を幻八に走らせる。本人は精一杯凄みを利かせたつもりなのだが、細身で小柄、ひょろひょろとした、みるからに頼りがいのない外見が災いして迫力がないことおびただしい。細面《ほそおもて》で、目も鼻も口もすべて小作りの、幼子がそのまま大人になったような顔つきが頼りなさをさらに増幅していた。

「五助、ことづけを聞いたんでな、やってきた。仏の顔あらためをしてくれる人を連れてきたぜ」

「仏は白州に敷いた筵《むしろ》に寝かせてある。たっぷりと顔あらためをしてくれ」

小動物をおもわせる、黒目の多い愛くるしい眼で見据えて告げた。

幻八は砂利敷きの白州に片膝をついた。骸にかけられた筵をめくる。染奴の死に顔が露《あら》わになった。背後でのぞき込むお杉が息を呑むのが、気配でわかった。

「染奴に違いないな」

振り返って、お杉に問うた。

「染奴姐さん、こんな、こんな姿になっちまって……」

腰が抜けたのか、へなへなとその場に坐りこんだ。

「染奴というと、深川は門前仲町の売れっ子芸者の、あの染奴かい」

お杉の背後に突っ立った石倉五助が訊いてきた。

視線を向けて、応じた。

「その、染奴さ。いい女は死んでも色香が漂ってやがる。そうはおもわねえかい、五助」

石倉五助が一文句ありげに口をゆがめた。が、幻八はすでに染奴に目線を落としていた。

染奴の顔をおおうべく筵をもどし、いった。

「染奴の骸は引き取らせてもらうぜ。引受人はおれだ。天下の御家人さまがやることった。何の文句もいわせねえぜ」

幻八は渋る石倉五助に強引に頼み込み、与吉を勝手使いして染奴を入れる棺桶を用立ててこさせた。さらに、これまた番太郎に手配させた大八車に棺桶を積み、与吉に引かせて染奴の住まいまで運んだのだった。

家のなかに与吉とともに棺桶を運び込んだ幻八は、呆《ほう》けたように座敷の一隅に坐りこんでいるお杉に、

「駒吉に、仏は染奴だったと知らせに行ってくれ」

と告げた。

「どこの座敷に出てらっしゃるんでしょうか」

おずおずと訊いてきたお杉に、

「門前仲町へいって、どこぞの茶屋の遣り手婆にでも聞きゃわかるだろうぜ。早く行きな。弔いの手配のほどは駒吉にまかせる、とおれがいっていた、ともいっといてくれ」

素っ気なく応え、疲れたのか、足を投げ出して坐りこんでいる与吉に向き直った。

「ご苦労だったな。引き上げていいぜ」

「せめてお茶の一杯なりと。休みなしに荷車を引いてきて、のどがからからなんで」

「贅沢いってやがるぜ。他人様の住まいだ。どこに何があるかわからねえ。我慢しな」

「そりゃあんまり、つれねえ話で」

不満を露わに口を尖らせた与吉をじっと見据えた。底光りのする、威圧的な眼だった。与吉は、おもわず首をすくめた。

「それじゃ、これで」

あわてて立ち上がるや、踵を返した。事の成り行きをぼんやりとみつめていたお杉が、あわてて与吉の後を追った。

玄関が閉じられる音を聞き取った幻八は、ゆっくりと立ち上がった。

「これで邪魔者はいなくなった。読売のタネになる書き付けがきっとあるはずだ。さて、どこにあるか」

ぐるりに視線を走らせた。

簞笥《たんす》の抽出《ひきだ》しが、下から四段目まで引き出されていた。幻八は上から二段目の抽出しに手をかけ、引いた。着物がぎっしりとしまい込んである。

「仕事柄、たいそうな衣装持ちだぜ」

上から一枚ずつめくっていく。一番下に置かれた小袖をめくりあげた、幻八の手が止まった。底に敷かれた生成《きなり》の布が、不自然に盛り上がっている。

幻八はゆっくりと敷き布をはがした。全体に書き付けが敷き詰められている。そのうちの一枚を幻八は手にとった。

書き付けには、

『和泉屋《いずみや》政吉《まさきち》　三月二日　一両二分　四日済
三月五日　一両　七日済』

などと細かく金の出入りが書かれてある。掛け売りの玉代《ぎょくだい》の覚え書きに相違なかった。

幻八は一枚ずつ手に取り、あらためていった。染奴は計算高い質《たち》らしく、払いの悪い客については、

『金払い悪し　以後掛け売りなし　五級』

などと記している。客の善し悪しを特級から五級までの、六つの段階に分けており、日付と日付の間に、

『以後　三級』

など書いてある。

書き付けをさらってみると蔵前屋《くらまえや》辰蔵《たつぞう》、湊屋《みなとや》治兵衛《じへえ》などの名があった。かなりの数の大店の主人が名を連ねている。染奴の馴染み客はなかなかのものだった。

「客の閻魔帳《えんまちょう》か。こいつはいいものが手に入った」

独《ひと》り言《ご》ちてほくそえんだ幻八は、書き付けを懐にしまいこんだ。入船町から門前仲町の遊里まで、さほどの距離ではない。いつお杉が戻ってくるかわからなかった。すべての書き付けをあらためている時間はなかった。

箪笥の抽出しを閉め、座敷をつねと変わらぬ様子にもどした。ほどなく、お杉が帰ってきた。つづいて薄化粧をした駒吉が入ってきた。島田髷《しまだまげ》に結い上げ、髪に無反《むぞ》り一文字の仕掛けとよばれる櫛をさし、黒い羽織を羽織った素足に吾妻下駄《あずまげた》といった、深川芸者独特の出で立ちをしている。どうやら、

「身内に不幸があった」

などと適当な理由をつけ、かかっていたお座敷のいくつかを断ってきたらしかった。

「染奴ちゃんの顔を拝ませておくれ」

幻八は立ち上がり、棺桶の蓋をずらした。歩み寄って、駒吉はのぞき込んだ。じっと見つめる目に濡れたものが浮いた。

「染奴ちゃん、やっと楽になれたね」

懐から、小銭を包み込んだとおもわれる、小さく折った紙を結びつけた黄楊《つげ》の櫛を取り出した。駒吉が気にいって大事にしていた櫛だった。染奴の乱れた髪にさしてやる。

「三途の川の渡し賃、持ってお行き」

声がくぐもって震えた。

幻八は顔を背《そむ》けた。いつも威勢のいい駒吉が泣いている。その泣き顔だけは、けっして見てはいけない、との衝動にかられたからだった。

「おまえさん、蓋を閉じておくれ」

つねの気丈な声にもどっていた。

「頼みがあるんだ」

「おれにできることかい」

「神田明神下《かんだみようじん》に芳兵衛店《よしべえだな》という長屋があるんだ。そこに染奴ちゃんの長患いのお父っさんが住んでいる。五歳年下の弟がいるときいていたが、どこぞの御店で住み込みの丁稚奉公をしているとしか話してくれなかった」

「芳兵衛店へ行き、お父っさんに事の子細を告げ、できればここへ連れてくる。それでいいんだな」

「あたしゃ、今夜はずっと染奴ちゃんのそばにいてやりたいんだ。頼むよ。頼りにできるのは、おまえさんしかいないんだから」

「しおらしいことをいいやがるぜ。明日は雪でも降るんじゃねえか」

「ぶつよ」

振り向いて手を振り上げ、殴る素振りをした駒吉の目から、大粒の涙がひとつこぼれ落ちた。

気づかぬふりをして、畳に置いていた大刀に手をのばした。

「行ってくらあ」

帯に刀を差しながら幻八は踵を返した。

町々の木戸は閉まっていた。開けさせるには御家人の身分がおおいに役に立った。

「知り人に不幸があってな。身内の者を迎えにゆくのだ。本所北割下水《きたわりげすい》の御家人、朝比奈鉄蔵の嫡男朝比奈幻八である」

肩肘を張り威厳を込めて告げると、木戸番は愛想笑いすら浮かべて、木戸を開いた。

神田明神下近くの木戸番に案内させ、芳兵衛店を探し当てるのに、さほどの時はかからなかった。

が、訪ねた染奴の父の容態はおもった以上に悪かった。布団から起きあがることも、ままならない様子だった。くわえて老齢の身である。とても入船町の住まいまで連れていける有り様ではなかった。

「お染の身に何か悪いことでも起こったのでは」

深夜の突然の来訪である。ただならぬものを感じ取った老父は、何度も問いかけてきた。最初ははぐらかしていたが、ごまかし切れるものではなかった。

染奴の死を告げられた父は布団を頭からかぶり、嗚咽《おえつ》しつづけた。幻八はなす術もなく、布団の傍らに坐っているしかなかった。夜明けを告げる一番鶏が鳴き始めたころ、泣き疲れたのか微《かす》かな寝息を立て始めた。

幻八は、物音を立てぬように座敷から板の間へ出た。奥の座敷と板の間の二間に、狭い台所がしつらえられた土間があるだけの、申し訳程度の家財道具しかない貧しい住まいだった。土間に降り立った幻八は、そっと表戸を開けた。

外へ出ると空は白々と明け初めていた。

（あとは駒吉にまかせたほうが、なにかと都合がよさそうだ）

胸中でつぶやいた幻八は懐手をして歩き始めた。一睡もしていない。そのせいか、朝の気配がやけに冷たく感じられた。

妙に頭が冴え渡っていた。

（読売の文言、陽《ひ》のあるうちに書き上げて、遅くとも明日の昼前には売り出せる段取りをつけなきゃなるめえ）

幻八は入船町へと歩みを進めながら、次第に読売の文言づくりにのめり込んでいった。

五

染奴の住まいにもどった幻八は、事の子細を駒吉に告げた。

「駕籠《かご》で迎えに行くしかないね」

小首を傾《かし》げて駒吉がつぶやいた。

幻八は黙っている。

ややあって、台所を振り向いて声をかけた。

「お杉さん、駕籠政《まさ》さんに出向いて駕籠を一丁、染奴さんのお父っさんのところへ差し向けておくれ」

障子の蔭から、前掛けで手を拭いながらお杉が顔を出した。

「わたしが付き添っていきましょうか」

「そうだね。そうしておくれ。わたしは坊さんの手配をしなきゃ」

幻八に顔を向けた。

「お種さんがそろそろ家に来てる時刻だ。おまえさん、家に帰って、お種さんにここへ来るようにつたえておくれ。知り人への連絡その他、いろいろと働いてもらいたいことがあるんでね」

「わかった。夜っぴいて動き詰めだ。一休みしてもいいかい」

「勝手にしておくれ。馴染みの客が顔を出してくれるかもしれない。弔いには顔を出さなくていいからね」

「売れっ子芸者の情夫《いろ》が、表だって面《つら》をさらすわけにはいかねえしな。おまえもいつもの調子にもどったようだし、そのほうがいいだろう。ここで引き上げさせてもらうぜ」

棺桶に向かって手を合わせ、幻八はゆっくりと立ち上がった。

蛤町の駒吉の住まいに立ち寄った幻八は、お種に駒吉からのことづてを告げ、その足で玉泉堂へ向かった。

歩きながら、さらに読売の文言を考えつづけた。

玉泉堂に足を踏み入れた幻八を見かけて、奥の座敷から仲蔵が飛び出してきた。待ちかねていた様子が動きにありありと出ていた。

「調べはついたのかい。彫師は待たせてある。すぐ文言書きにかかってくれ。前出した読売が大売れに売れてな。今度はもっと売れる」

揉み手をして、満面に笑みを浮かべた。

「いつもの座敷を使うぜ」

「紙に筆。硯《すずり》に墨。用意万端とととのってらあ。腕によりをかけて仕上げてくんな」

奥へ向かう幻八の背中を仲蔵が、ぽん、と軽く叩いた。せめてもの元気づけのつもりらしかった。

文言のあらかたはまとまっていた。文机《ふづくえ》に向かった幻八が一気呵成《いっきかせい》に文言を書き上げるのに二刻（四時間）はかからなかった。

読んだ仲蔵が目を輝かせた。

「おもしれえ。こいつはいけるぜ。仏が深川の売れっ子芸者の染奴だったこと。染奴の乱れた色模様に触れるくだりなど、もっと知りたいというおもいを強めて期待させる」

幻八の顔をのぞきこんで、つづけた。

「書いてくれるんだろう。染奴の男遍歴をよ」

計算高い、狡《ずる》そうな笑みを浮かべた。儲け話には目がない、とその顔が告げていた。

「売れたら、少しはおれの懐もふくらむよう気配りをしてほしいものだな」

「そりゃ分かってる。分かってるよ。目配り気配りはおれの信条だあな。太っ腹にいくつもりだぜ」

「そうとはおもえねえことがつづいているがな。たまにゃあ嬉しがらせてもらいてえもんだ」

「それをいっちゃおしめえだ。すぐつづきのタネ拾いにかかってくれるんだろうう」

　じろりと仲蔵を見ていった。

「まずは一眠りだ。昨夜から一睡もしてねえんでな。この座敷、借りるぜ」

　横になり、肘枕をして眼を閉じた。


　どこぞの時の鐘が昼八つ（午後二時）を告げている。幻八は茅町《かやちょう》の和泉屋の店先に立っていた。和泉屋は木綿問屋で、さほどの商い高ではないが手堅い仕事ぶりが評判の店であった。

　若旦那の政吉が小走りに出てきた。政吉は日本橋の大店、織物問屋の若狭屋《わかさや》の家付き娘との縁組がととのっており、逆玉《たま》の輿《こし》との噂が、ひそかにささやかれていた。染奴のところへ通いつめていたことが表沙汰になったら、破談になる恐れが十二分にあった。

　一目見て政吉の動揺ぶりがうかがえた。

（おもしれえ）

　幻八は強い手応えを感じていた。

（ものになる）

直感が告げていた。この手の勘はよく当たった。眼を細めて、ことさらに凄みを利かせて見据えた。

歩み寄った政吉が怯えたように身をすくめた。

「深川は門前仲町のことで訊きたいことがある、と仰《おつしや》ったそうですが」

「これを見てくれ」

幻八は、懐から四つ折りにした紙を取り出して開いた。御船蔵近くに浮いた骸が染奴であると書かれた読売であった。政吉の眼前につきつけて、告げた。

「おれは聞き耳幻八の通り名で呼ばれている文言書きだ。この読売を書いた主でもある」

政吉の顔から、みるみるうちに血の気が引いていった。ごくり、と生唾《なまつば》を呑み込んだ。

政吉に顔を近づけ、低くいった。

「染奴は筆まめな質だったらしくてな。掛け売り覚えを細かくつけていた」

「まさか……」

「その、まさか、だ」

幻八は薄ら笑った。その眼は政吉に据えられたままだった。奥底に、獲物を狙う凶悪な野獣の獰猛《どうもう》な光が宿っている。

政吉は身震いした。傍目にもはっきりわかるほどの動きだった。

「どうするね」

「どうするとは……」

声がかすれて、震えた。

「読売に書くのがおれの生業《なりわい》でな」

「それは……」

困る、と顔が告げていた。しきりに瞬《まばた》きする。肩を落としてうつむき、大きな溜息をついた。あきらかに混乱しきっていた。

潮時だった。あまり追いつめすぎては、窮鼠《きゅうそ》猫を噛むと諺《ことわざ》にあるように、おもわぬ反撃にあう恐れもあった。

「なあ、政吉さん」

うってかわった柔らかな声音だった。政吉が顔を上げて、見つめた。すがるような眼をしている。

「魚心《うおごころ》あれば水心《みずごころ》、というぜ」

「それはどういう……」

幻八は派手に舌を鳴らした。

「焦《じ》れってえな。これだから乳母《おんば》育ちは気が利かねえと、陰口を叩かれるんだぜ」

「どうすれば、よろしいので」

「地獄の沙汰もなんとやらというぜ」

「それでは……」

といいかけて、ことばを切った。

わずかの間があった。

顔を上げて、つづけた。

「いかほどで」

計算高い、小ずるさが眼の奥にあった。

「あんたの値打ちがどのくらいか、自分で計るがいいだろうぜ」

冷たく突き放して、じっと見据えた。

「明日、このくらいの刻限に来る。そのときに染奴との色模様、たっぷり聞かせてもらうぜ」

「万端心得ております。なにとぞ穏便に」

政吉が深々と頭を下げた。

無言でうなずいて、幻八は踵を返した。背後で政吉が見送っている。

（この仕掛け、間違いなくうまくいく）

内心ほくそえんでいた。


幻八が、読売の文言書きの内職を始めてほどなくのことだった。ある大店の番頭の色恋沙汰をつかんだ。出入りの小商人《こあきんど》の女房に手を出し、密会を重ねていたのだ。小商人が躰をこわしたとき、かわりに女房が商いに出向いてきたのが、男女のかかわりをもつきっかけとなった。ずるずると半年以上、関係がつづいているという。その話を幻八にしたのは、女房を寝取られた小商人だった。

「その大店へ出入りする小商人を誰にするか、まかされている番頭なので、女房と不義密通していることが分かっていても、手がだせねえ。悔しくてならねえ。何とかならねえかい」

屋台で隣り合って酒を酌《く》み交《か》わした、わずかな縁の幻八が、読売の文言書きだと知ったとき、怒りに躰を震わせていったものだった。

黙って聞き入っていた幻八だったが、気持は決まっていた。

翌日、大店へ番頭を訪ねていった。

「夕七つ半にはお店を出られます。近くに『いづう』という料理屋があります。暮六つ半にそこで待っていてくださいまし」

約束した刻限に出向いた幻八を待っていたのは、台盤《だいばん》に並べられた豪勢な料理だった。箸をつけかねている幻八の前に居住まいをただして坐った番頭が、額を畳にすりつけんばかりに平伏した。

「あの女とはきっぱりと縁を切ります。亭主の店への出入りはいままでどおり。私の目の黒いうちは出入りを差し止めることは決してございません」

と、懐から取り出して畳に置いた紙包みを、幻八の膝元に押し出した。

紙包みを手にした幻八に番頭がいった。

「小判で五両、包ませていただきました。なにとぞご内聞《ないぶん》に」

再び深々と頭を下げた。

御家人の貧乏暮らしに明け暮れてきた身である。手にした五両の重みは大きかった。こころにやましさをおぼえながら、幻八は応えた。

「約束は守るな」

「もし破ったら、読売におもしろおかしく書き立てられても、なんの文句もありません。このとおりでございます」

さらに深く頭を下げたものだった。

番頭が女房と密会することは二度となかった。小商人もそのまま大店の出入りがつづいた。そのまま数年がすぎた。いまでもその流れは変わっていない。その後、番頭と幻八が顔を合わせることはなかった。

（あのことがきっかけになったのだ）

いまでは読売の文言書きを隠れ蓑《みの》に、脅し屋稼業で荒稼ぎしている。

幻八にはあぶく銭を稼がねばならない、のっぴきならぬ事情があった。

父の鉄蔵は、剣の鍛錬に明け暮れるのみで、日々の暮らしにどれほど銭がかかるか一切かえりみることはなかった。妹の深雪は、鉄蔵に輪をかけて日々のたつきの観念の薄い気質だった。生来情深いのか、出かけた先で捨て子をみかけると家に連れてきてしまう。ひとり増えふたり増えして、いつの間にか六人にもなってしまっていた。

大飢饉《ききん》が相次いでいた。巷《ちまた》には無宿人があふれ、その無宿人の子らが捨てられた。捨て子たちが道行く人々に銭をせびり、店先の食べ物を盗んだりして飢えをしのいでいる姿があちこちでみられた。

幕府は無宿人狩りを頻繁に行うだけで、適切な策を講じることはなかった。深雪が拾ってきた子供たちを、最初は疎《うと》ましくおもっていた幻八だったが、日々生気をとりもどし、成長していく姿をみるにつけ、

「近寄るんじゃねえ。おれは子供は嫌いだ」

と邪険に扱いながらも、

「腹を空《す》かしてはいないか」

とか、たまに本所の屋敷に帰るときなど、

「大福でも土産《みやげ》に買っていってやるか」

などと気にかけている。深雪も幻八のそんなこころを見抜いているのか、

「もうすぐ米櫃《こめびつ》が空になりますする」

と駒吉の住まいに押しかけてきては、幻八から銭をせしめていく。駒吉が、

「口ではなんのかのといってるけどさ。おまえさん、一遍も深雪さんの無心を断ったことはないじゃないか。正直におなりよ」

というほどの、子供たちへの気遣いぶりなのだ。

たしかに幼子たちはかわいい。哀れでもある。が、それだけではない何かが幻八のなかでくすぶっていた。

（これで、いいのか）

とのおもいが強い。

貧しさゆえに生まれ故郷を捨てねば生きてはいけない者たち。路頭に迷い、今日の食い物もままならない捨て子の群れ。その一方で、贅を尽くした酒池肉林の宴に日夜酔いしれている大身の武士、富商たちがたしかにいるのだ。

「しょせん蟷螂《とうろう》の斧かもしれぬ……」

幻八は口に出してつぶやいていた。孤児たちの面倒をみる。眼に触れただけの、一握りの捨て子たちにすぎない。わずか六人でも、けっこうな銭が必要だった。

御政道の乱れが生み出した歪《ひず》み、ひびわれが、あちこちにあった。微力と分かっていても、やめるわけにはいかなかった。将軍家の安泰だけを望んでいるとしかおもえぬ幕政への噴怒の炎が、幻八のなかで燃え盛《さか》っていた。

（悪をなす輩《やから》、損得だけで生きる輩から奪うのだ。こころに恥じるところは何一つない）

幻八は大川橋を渡りかけて足を止めた。欄干に手を置いて、川面を眺める。荷を積んだ小舟が行き交っていた。

冷えた風が頬《ほお》をなぶってとおりすぎていく。心地よさに細めた眼の奥に柔らかな、優しげな光が浮いた。ついぞ見せたことのない穏やかな顔つきだった。

幻八は元町《もとまち》の回船問屋〈湊屋〉へ向かうつもりでいた。主人の治兵衛と染奴には、芸者と馴染み客を越えたかかわりがあったことが、掛け売り覚のなかに記されている。

幻八は顔を上げた。その眼は獲物を狙う獰猛なものにもどっていた。

懐手をし、肩を揺すって、ゆっくりと歩き出した。

第二章　日暮《ひぐらし》ノ里《さと》

一

堅川《たてかわ》に、十艘《そう》余にもおよぶ船が接岸していた。人足たちが河岸に面した回船問屋湊屋《みなとや》の裏口へ、積み荷を運び込んでいる。

ぐるりを探るべく、路地から川辺へと足を運んだ幻八《げんぱち》は、大きく舌を鳴らした。忙しい相手と込み入った話をするわけにはいかない。ただの話ではなかった。染奴と湊屋治兵衛《じへえ》との色恋沙汰をタネに、口止め料をせしめようというのだ。脅したりすかしたりの、手練手管《てれんてくだ》を駆使した話し合いをすすめなければならない。相手の反応をうかがいながら、じっくりと腰を据《す》えてやらねば、うまくいくものもぶちこわしになる恐れがおおいにあった。

隣家の軒下に身を移した幻八は、湊屋の店先に目を向けた。元町まで足をのばしたのだ。このままむざむざとひきあげる気にはならなかった。

いい知恵も浮かばぬまま立ちつくし、店への出入りを眺めていた。と、どこぞの藩の江戸詰の重職だろうか、若党を従えた初老の武士とともに、番頭とおぼしき四十半ばの男が出てきた。立ち去る武士を見送って、深々と頭を下げる。様子から見て、武士は湊屋にとって重要な商い先とおもえた。

男が店へもどろうと踵《きびす》をかえしたときだった。

「もし湊屋のおひと」

かけられた声に足を止め、振り向いた男の顔が訝《いぶか》しげに歪んだ。

間近に、歩み寄った幻八がいた。

「どちらさまで」

腰に差した大小二本の刀から、御家人の端くれとでも推量したのか、男が丁重な物言いで軽く腰を屈《かが》めた。その眼は抜け目なく幻八の面にそそがれている。

幻八は懐から折り畳んだ紙を取り出して、開いた。大川河岸にあがった死体の主《ぬし》は染奴《そめやっこ》だと報じた読売《よみうり》だった。

「これは」

首を傾《かし》げ、問いかけてきた。

「おれは読売の文言書きでな。聞き耳幻八という通り名で呼ばれている。湊屋の治兵衛さんと染奴が、人目を忍ぶ仲だったと聞きつけてやってきたんだ。話をしたい。とりついでくれねえかい」

男はうつむいて、黙り込んだ。どう処すべきか思案している。そう見てとった幻八は重ねて問うた。相手に時を与えることは、おもわぬ反撃を呼び起こすもとになる。いままでの経験が身につけさせた、稼業上の知恵といえた。

「おれは本当の事を書きたいんだ。そのための裏をとりてえんだよ。話をきかねえと、ただの噂話を書くことになる。それは避けたいんだよ。番頭さん、わかってくれよ」

「番頭名代の磯吉《いそきち》と申します。噂話が一人歩きすることになりますと、当家にとっては大変な迷惑事。どうしたものか」

大げさに溜め息をついた。小柄でずんぐりむっくりした躰《からだ》。細くて小さな眼。低い鼻に小さめの口が、丸顔の中心に集まっている。なかなか愛嬌のある顔立ちだった。が、外見に似ぬ、したたかなものが磯吉から感じられた。

顔をあげて、いった。

「旦那さまが染奴と深いかかわりがあったという、証《あかし》でもございますか」

「ない、と応えたらどうするね」

「てまえは奉公人にすぎない身。確たる証もない話を、旦那さまに取り次ぐわけにはいきませぬ」

「染奴は筆まめな質《たち》だったらしくてな。いろいろと書き残しているんだよ。それも事細かにな」

磯吉が黙り込んだ。

ややあって、いった。

「その書き付け、見せていただけませぬか」

「真っ平だね」

にべもない口調だった。ことばを継いだ。

「おれは文言書きだぜ。おもしろそうな噂をききつけて裏をとり、読売に書くのがおれの仕事だ。噂はおまんまのタネだ。その証を他人様に見せびらかすほどの間抜けじゃねえつもりだ」

磯吉が黙った。

「おまえさんじゃ話にならねえ。悪いが店に入らせてもらうぜ」

脇をすり抜けようとした幻八の前にまわって、いった。

「旦那さまはお出かけでございます。必ず話は通しますので、明後日までお待ちいただけないでしょうか」

「いつごろだ」

「昼過ぎなら旦那さまもいらっしゃいます」

「明後日の昼過ぎだな」

「かたく約定《やくじょう》いたします」

「会えなかったら噂話をそのまま書くことになる。そう湊屋さんにつたえといてくれ。いいな」

「必ずおつたえいたします」

「これを渡しとくぜ」

いうなり読売をむりやり磯吉の手に握らせた。

「お代を」

「そんなものいらねえよ。じゃあ、またな」

軽く手を振り、背を向けた。相手は大店《おおだな》である。逃げ隠れする恐れは、まったくなかった。

湊屋治兵衛が会う気になるかどうか、幻八は五分とみていた。磯吉の受け答えはなかなかのものだった。主人のしつけが徹底している証といえた。

「つかんだ金蔓《かねづる》、そう簡単にあきらめるわけにはいかねえ」

幻八は歩きながら、口に出していた。

次の狙いは札差《ふださし》、蔵前屋《くらまえや》辰蔵《たつぞう》と決めていた。蔵前屋は江戸でも三本の指に入る富商だった。

札差は旗本、御家人の代りに幕府の蔵から禄米を受取り、売りさばいて手数料を徴収するかたわら、封禄を担保に金を貸しつけることを生業としていた。

蔵前屋は浅草御蔵そばの三好町《みよしちょう》にあった。御厩河岸《おんまやがし》の渡しの渡し船が、通りをはさんでのぞめる大川を横切っていく。

幻八は河岸に立ち、漫然と川面をゆく渡し船を眺めていた。

風のない、おだやかな一日だった。水面《みなも》には渡し船の舳先《へさき》がつくり出した白波以外、波紋のひとつも見あたらなかった。残暑がやわらぎ、たおやかな日差しが心地よい気を生み出している。

何もかもが泰平の時を感じさせた。

が、ただひとり、ひとときの平穏《へいおん》から疎外されている者がいた。

幻八である。

脳裏にさまざまな策が浮かんでは消え、さらに浮かんでは走馬燈のようにどうどうめぐりをした。蔵前屋はさすがに大店中の大店であった。店構えからいって湊屋とは数倍の開きがあった。その威勢のほどにひるんだのか、迷いが生じていた。

見知った顔の旗本、御家人たちが数人、蔵前屋へ入っていった。そのうちのひとりの、五十代の武士が悄然《しょうぜん》と肩を落として出てきて立ち止まり、振り向いて未練たっぷりに店の奥をのぞき見た。大きな溜め息をついて踵を返し、とぼとぼと歩き去っていった。おそらく封禄をかたに借金を申し入れたものの断られ、体よく追っ払われたのであろう。

旗本、御家人の身分など、蔵前屋が相手では何の役にもたたない、無用の長物であった。武士だけに許された大小の刀を腰に帯びていても、粗末な衣服を身にまとった白髪まじりの武士の後ろ姿は、戦いに敗れ、行く当てもなくさまよう落武者に似ていた。

幻八は決めた。

あくまで読売の文言書き、聞き耳幻八で蔵前屋にぶちあたる、と腹をくったのだ。

振り返ると、蔵前屋の屋根看板が眼に飛び込んできた。金箔を張られた蔵前屋の文字が陽光を照り返して、まばゆいばかりにきらめいている。大身の旗本といえども類《たぐい》まれなる財力を背負った主《あるじ》、辰蔵の前では膝《ひざ》を屈する、とまで噂される威光をしめしているかにみえた。

(出たとこ勝負だ)

幻八は悠然《ゆうぜん》と歩き出した。


店に足を踏み入れた幻八に、丁稚になにやら指図していた手代が気づいた。が、それまでだった。貧乏御家人とでもみてとったか、視線をそらし、別の丁稚に用事をいいつけはじめた。

一瞥した幻八は、帳場格子で仕切られた帳場に坐る、番頭の向かいに位置するところまで土間をすすんだ。店の間の上がり框《かまち》の前で足を止める。近くにいた手代が気づいて近寄ってきた。

「何か」

「番頭元締はいるか。不在なら加判《かはん》名代か名代でもよい」

「あなたさまは」

「聞き耳幻八。読売の文言書きだ」

「読売の文言書き……」

手代の面に警戒の色が浮いた。

懐から四つ折りにした紙をとりだして、いった。

「辰巳芸者の染奴の死体が大川に浮いた。事件の顚末が書いてある読売だ。おれの仕事でもある」

開いて手代の鼻先に突きつけた。

「当家と何のかかわりが？」

読もうともせず、問いかけてきた。片頰に軽侮《けいぶ》を込めた皮肉な笑みがあった。その手代の気振《けぶ》りが幻八の癇《かん》に障《さわ》った。見据えて、唇を歪めて告げた。

「いっていいのかい。おれがここへ来た理由をよ」

「当家には何の弱みもございませぬ。どうぞお話ください」

「そうかい。いい度胸だ」

凄みのある笑みを浮かべてつづけた。

「染奴と蔵前屋の旦那はな、いい仲だったのよ」

店中に響き渡るほどの大声だった。

「おやめください。声が、声が、大きすぎます」

焦りに焦った。

「声がでかいのは生まれつきだ。あらためるわけにはいかねえな」

「それは困ります。ほかのお客様の手前もあります」

「旦那の話を聞きにきたんだ。噂だけで読売を書きたくはねえ。できるだけ本人の話を聞きたいんだ。裏をとりてえんだよ」

「旦那さまはお留守でございます。なにとぞお引き取りを」

「留守なら帰るまで待たせてもらうぜ。店の板敷の端っこにいさせてくんな」

上がり框沿いに奥へ向かって、歩き出した。

「お待ちください。困ります。商いの邪魔になります」

あわてて幻八を追った。

壁際に腰を下ろした幻八の傍らに、手代が坐った。

「お帰りください。店を閉める刻限も迫っております」

「おれも仕事だ。引き下がるわけにはいかねえな」

腕を組んだ幻八に声がかかった。

「てまえがお話をお聞きしましょう」

振り向くと、手代の傍らに帳場に坐っていた番頭らしき四十がらみの男がいた。背筋を伸ばして正座している。

「おまえは仕事にもどりなさい」

手代にいい、幻八に目を向けた。

「番頭加判名代の時右衛門《ときえもん》でございます。これにてお引き取りを」

懐からとりだした紙包みを幻八の前に置いた。

「これは」

いったん紙包みに目を落とし、顔を上げて問うた。

「ほんの志でございます」

時右衛門が軽く頭をさげた。

「志、ねえ」

紙包みを手にとり、開いた。

「一分銀が一枚か」

「これにてお引き取りを」

再び頭を下げた。その眼前に一分銀が投げ置かれた。

「これでは不足で」

「勘違いしちゃいけねえぜ。強請たかりをする気できたんじゃねえ」

「それは失礼いたしました。お詫びいたします」

懐から巾着を取り出し、小判を一枚とりだした。一分銀とならべて幻八の前に置いた。

「足代でございます。お納めください」

幻八は小判と一分銀をじっと見つめた。受け取ったら、ここですべてが終わってしまう。大化けして、濡れ手に粟《あわ》の大もうけの口かもしれなかった。が、一文にもならない恐れもあった。

(なくてもともと。荒稼ぎに賭けるか)

幻八は小判と一分銀に手をのばした。ゆっくりと押し返す。

時右衛門が微《かす》かに瞬《まばた》きした。幻八の予想外の動きが招いた動揺がさせたことであった。

「おれの手元には、染奴の売り掛け覚がある。なかに蔵前屋の旦那の名もあるぜ。筆まめな女でな。どこで何をしたかまで書き込んである。直接旦那と話をしたいんだ。出直してくる」

幻八はゆっくりと立ち上がった。

二

幻八は蛤町の住まいにもどった。当然のことながら、家には誰もいなかった。いまごろ染奴の弔いがとりおこなわれているに違いない。てきぱきと取り仕切っているであろう、駒吉《こまきち》の姿をおもい浮かべた。

夕飯は近くの鰻《うなぎ》屋ですませていた。鰻は深川の名産であった。富岡八幡宮の門前には、鰻を供する店が軒をつらねていた。

幻八は、買い置きの酒を入れた徳利《とっくり》と湯飲みを小脇に置き、座敷の真ん中に腰を下ろした。酒をつぎ、懐から染奴の売り掛け覚をとりだす。

和泉屋政吉、湊屋治兵衛、蔵前屋辰蔵、相模《さがみ》屋庄三郎《しょうざぶろう》……。畳の上に売り掛け覚をならべていく。三十七枚のうち、脅しをかけたらものになりそうなのが十五人ほどいた。残りは知らない名であった。近所へ出かけて探りをいれれば身代《しんだい》のほどはすぐにわかる。

幻八は聞き耳が売り物の読売の文言書きである。世間の噂には並はずれて詳しい者といえた。それなのに知らないということは、たいした物持ちではないといえるのではないか。そう考えた。

幻八は知らない名が記された売り掛け覚をひとつに重ねた。弱みを握って金を脅し取るには、じわじわと相手を責めあげて、払わなければ逃れられないとおもわせるしかない。それなりに手間暇のかかる仕事であった。染奴との色模様は読売にしてもせいぜい三、四回のこと、とふんでいた。脅しにかけられる時間はせいぜい二ヵ月ほどとおもえた。十五人でも多すぎるくらいだった。

幻八は十五人以外の売り掛け覚を別にした。残りを懐に入れる。畳の上には一枚の厚紙の札が置かれていた。札には、

『救民講《きゆうみんこう》　講中六番札』

と墨痕《ぼっこん》鮮やかに記されていた。手にとって、しげしげと眺めた。

「救民講……」

どこかで聞いたような気がした。首を傾げる。視線を宙に泳がせた。おもいだせなかった。喉《のど》に魚の小骨が刺さっているような、厭《いや》な気分にとらわれていた。

売り掛け覚は染奴にとって金につながる大事なものであった。その書き付けとともに箪笥《たんす》の奥深くに隠すようにしまわれていたとなると、この講中札は何か深

い意味のあるものとおもわれた。

幻八は懐から蔵前屋らの売り掛け覚をとりだした。二つ折りして救民講の講中札をはさみこむ。じっと見つめた。

「……講中六番札」

ふたたび首をひねった。講中札に書きこまれた数の意味合いを考えてみた。おもいあたることは何もなかった。

ぐびりと酒をあおった。湯飲みを置き、講中札をはさみこんだ売り掛け覚を懐にしまいこんだ。

どんよりと黒い雲がたれ込めた。妙に蒸し暑い日だった。

朝五つ半（午前九時）をわずかにすぎた頃、幻八はふらりと玉泉堂《ぎょくせんどう》に姿を現した。奥の間の机の前に坐って算盤《そろばん》をはじいていた仲蔵《なかぞう》が顔を上げた。

「どうだい。染奴の色模様のタネは集まったかい」

「様子から見て、銭計算で忙しいようだな。独り占めはなしって約束だぜ」

仲蔵の前に坐って、手を出した。

「このところ読売の売れ行きが悪かったからな。やっといままでの損をとりもどしたところさ」

算盤を横において、向き直った。

「銭がいるんだ。これ以上、自腹を切っての探索は勘弁してもらいてえな」

わざと不機嫌を剝《む》き出しにして横を向いた。

仲蔵が黙り込んだ。首をかしげて腕を組む。

幻八も口を開こうとはしなかった。

気まずい沈黙が流れた。

仲蔵が煙草盆を引き寄せた。刀豆形《なたまめがた》の小ぶりな煙管《キセル》を手にとり、雁首《がんくび》に刻み煙草を詰めだした。口にくわえ、火をつけた。ゆっくりと煙を吐き出す。煙管を口の端にくわえたまま、いった。

「負けました。負けましたよ。玉泉堂仲蔵は売れるタネのひとつもつかめない、文言も書けない能なし野郎でございました」

幻八が鼻毛を抜いた。

かまわず仲蔵がつづけた。

「今の今、しみじみそのことがわかりましたよ。身にしみました。聞き耳幻八さんのいいなりになるしかないってことがね」

幻八はあいかわらず鼻毛を抜いている。指先でつかんだ数本の鼻毛を口を尖らせて、吹き飛ばした。

「汚ねえな。掃除する身にもなってもらいてえや」

仲蔵が顔をしかめた。

「どうせ使い走りの小僧にやらせるんだろう。忙しいんだ。帰るぜ」

脇に置いた大刀《だいとう》に手をのばした。

「出さねえとはいってないだろう。清水《きよみず》の舞台から飛び降りる気になるには、それなりの覚悟がいるんだ。分かるだろう」

懐から巾着をとりだした。

「玉泉堂が潰れるかもしれねえ瀬戸際だってのによ。持ってけ、この情なし野郎」

巾着から一分銀をだし、畳に置いた。

「一分銀一枚だと。勘違いしてねえか。子供の小遣いにもならねえぜ」

仲蔵は白目を剥いて睨《にら》みつけ、しばし、黙り込んだ。

「話し合いはうまくいかなかったようだな」

幻八が顎をさすって立ち上がろうとした。

「待て。待てよ。相変わらず気が短けえな」

「生まれつきよ」

仲蔵が狡猾《こうかつ》な、探る目つきでいった。

「いくら、ほしいんだ」

「せめて二両。一分銀で八枚くれ。小判だと釣り銭を受け取るとき、なにかと厄介だからな」

「一分銀八枚か。あるかな」

巾着をのぞき込んだ。

「なきゃ小判でもかまわねえよ」

「ある。ありましたよ。一、二、三……」

一枚ずつ数えながら一分銀を畳にならべた。

「八枚、と。これで全部だ。清水の大舞台からぶっ飛んだぜ」

幻八は無造作に一分銀を拾い集めた。

「もらっとくぜ」

握った一分銀を手のなかで軽く揺すった。触れ合って鈍い音を立てる。

「いつ聞いてもいい音だねえ」

幻八が目を細めた。苦笑いして仲蔵がいった。

「染奴の色模様、おもしろおかしく、頼むぜ」

「分かってらあな。外題《げだい》は『芸妓色暦《げいぎいろごよみ》』。これでどうだ」

「『芸妓色暦』か」

首をひねった。ややあって、いった。

「こいつはいけそうだ。できあがりが楽しみだね」

満面に笑みを浮かべた。


どこぞの時の鐘が、昼八つ（午後二時）を告げている。幻八は和泉屋の店脇に立っていた。

出てきた政吉が左右を見渡し、気づいて近寄ってきた。愛想笑いを浮かべている。

（どうやら金の工面《くめん》ができたようだな）

政吉の顔つきからそう推断した。

揉み手をしながら走り寄ってきた政吉が、袂《たもと》から紙包みをとりだし、幻八の手に握らせながら告げた。

「二十両、包んであります。わたしの、今の値はこんなところか、と」

笑みを浮かべてはいるが、眼には必死のおもいが漲《みなぎ》っていた。おそらく親に泣きついて金をつくったのだろう、と幻八はおもった。和泉屋の身上からみて、二十両という金子は大金の部類に入るはずだった。相手がどの程度の財力を持っているか見極めるのも、強請を仕掛ける者の技量のひとつであった。

(ここらで手を打つか)

幻八は紙包みを軽く投げあげた。受け止めた手元に、ずしりとした重みが感じられた。まさしく小判二十枚の重さだった。

「店の間近だ。なかはあらためねえよ」

「ごまかしなど、決してありませぬ。信じてくださいませ」

無理に笑おうとしたが、つくりきれずに、ひきつっただけの不自然な顔つきとなった。

「安心しな。和泉屋政吉の名が、読売に出るこたあ金輪際《こんりんざい》ねえよ」

優しい声音だった。

政吉の面に安堵《あんど》の色がひろがった。

「よろしく、よろしくお願いいたします」

深々と頭を下げた。

幻八の足は本所へ向いていた。手に竹の皮包みを下げている。浅草は金龍山浅草寺の門前で買ってきた団子だった。深雪が拾ってきて面倒を見ている子供たちへの手土産だった。

（余計なことをした……）

とのおもいが強い。ついぞ買う気のなかった団子だった。餅を焼くうまそうな匂いに誘われて足を止めたのが運のつきだった。泥まみれになって遊んでいる子供たちの姿を思い浮かべて、

「たまに帰るんだ。甘いもののひとつでも食べさせてやるか」

と仏心をおこしたのだった。

大身旗本の屋敷が建ちならぶ南割下水と違って、朝比奈《あさひな》鉄蔵《てつぞう》の屋敷のある北割下水は御小間遣《おこまづかい》、御賄陸尺《おまかないろくしゃく》、御中間《おちゅうげん》など小役人、微禄《びろく》の旗本、御家人の小屋敷が密集する一画であった。

生まれ落ちたときから住み暮らした土地《ところ》だが、この数年というもの、年に数えるほどしか足を踏み入れていない。幻八にとって北割下水は微禄、小身の御家人

の倅《せがれ》とさげすまれ、大身の旗本たちとの格式と身分の差に、口惜しいおもいを味わいつづけた、苦々しさだけが甦る不快な土地柄だった。

好きで貧乏御家人の家に生まれ落ちたわけではない。二百数十年前に開府した徳川幕府より先祖が与えられた封禄を受け継ぐ。ただそれだけを生きる術のすべてとしてきた、武家社会の仕組みに否応なく従わざるをえなかっただけのことだ。どう足掻《あが》いてもくつがえすことのできない掟の壁が、そこにはあった。

「腹立たしい」

とおもう。

「おれひとりでは、何もできぬ」

との諦観にとらわれ、鬱々《うつうつ》とした日々を送りつづけたものだった。

幻八は鉄蔵がつけた名が嫌いだった。

『幻』

とは、

『実在しないものが現実に存在するように見えるもの。幻影』

との意味を持つ字である。

（おれは幻ではない。現実に存在する生身を持つ者なのだ）

と何度おもったことか。ならば、

(幻を現と書きかえて使ってみるか)

と。

『現八』

と書いてみたこともある。

が、

(どうも、おれらしくない)

とすぐにやめてしまった。いまでは、

(父上はおれに『現世《げんせ》はすべて夢、幻にすぎぬ』と教えるために、この名をつけてくれたのではないか)

とおもい始め、むしろ気に入ってさえいる。

皮肉なことに、そういう心境になったのは、読売の文言書きの内職を始め、屋敷に居着かなくなってからのことであった。

吾妻橋を渡って右へ折れ、大川沿いに歩いていく。新吉原《しんよしわら》へ向かうのか大店の商人風の客を乗せた猪牙舟《ちょきぶね》が数艘、速さを競って川面を遡《さかのぼ》っていった。暮れかかった、墨絵ぼかしの風景がひろがっている。猪牙舟の舳先が水面を切り裂いてつくり出した飛沫《ひまつ》が白く浮きたって見えた。

中之郷《なかのごうたけ》竹町の町家と、酒井下野守《さかいしもづけのかみ》の屋敷の間の道を左へ曲がり、道なりにすすむとまもなく朝比奈家となる。

幻八は竹の皮包みを懐にしまいこんだ。家の近所で元気な声をあげて遊んでいるに違いない子供たちに、手ぶらで帰ったとおもわせるための動きであった。幻八の姿を見つけるなり、

「お土産は」

と群がってくる子供たちに、

「そんなもの、どうしておれが持ってこなきゃならねえんだ」

と突き放す。落胆した子供たちの鼻先に、少し間をおいて、

「ほれ」

と土産物を出したときに、子供たちの顔に一斉に浮かぶ嬉しそうな顔がたまらなく好きなのだ。その邪気のない様を見たくて、何度も土産物を買ってこなかったふりをしてきた幻八であった。

近づくにつれて子供たちの戯《ざ》れあう声が聞こえてくる。幻八は歩きながら懐を押さえた。団子の柔らかな感触が手につたわってくる。

子供たちの屈託《くったく》のない笑顔を思い浮かべて、いつのまにか微笑《ほほえ》んでいた。

(いけねえ。こんなにやけた顔をしてちゃ、なめられちまう)

幻八はあわてて眉間に皺《しわ》を寄せ、ことさらに気むずかしい顔をかたちづくった。

三

屋敷の前の通りで子供たちが遊んでいた。一番年かさの万吉《まんきち》が、十になるはずだった。おしゃまなお春《はる》が九つ、みんなの姉さん格で万吉よりしっかりしている、と深雪《みゆき》がいっていたことを幻八はおもいだした。

動きから見て、鬼ごっこをしているようだった。歩きながら、眼を凝らした。弥一《やいち》、喜八《きはち》、お咲《さき》が逃げ回っている。一番年下の、五つの伊作《いさく》が鬼で、みんなを追いかけ回している。伊作の動きぶりはあきらかにみんなより鈍《にぶ》かった。なかなか捕まりそうにない。それでも必死に伊作は追いかけていた。どうやら負けず嫌いの気性らしい。その様子に幻八はかすかに笑みを浮かべた。

(年の差がおおきくかかわる年頃なのだ)

近寄りながら、おもった。

と、弥一を捕まえようと向きを変えた伊作の動きが止まった。幻八に気づいたようだった。

「おじさんだ」

叫んで駆け寄ってきた。その声に万吉たちが振り返った。歓声をあげてみんなが走って来る。まわりに群がった。

「おじさん、お土産は」

お春が手を出した。

「そんなもの、ねえ」

お春の手を軽く平手打ちした。

「懐が膨らんでるよ」

いうなり万吉が手をのばして触った。

「柔らかい」

「饅頭《まんじゅう》か」

「団子だよ」

弥一と喜八が目を輝かせた。

「早く頂戴」

お咲が脚に抱きついてきた。少しよろけて、いった。

「屋敷へ入れ。それからだ」


台所の土間からつづく板の間に、開かれた竹の皮包みが置いてあった。まだ山盛りの団子が残っている。円座《えんざ》を組んだ万吉たちが、口もきかずに頬張《ほおば》っていた。

「夢中になって食べてる。お団子なんて久しぶりだから」

深雪が目を細めていった。とにかく子供が好きなのだ。

幻八はそんな深雪を不思議なおもいで見つめた。

昔から捨て猫や犬を拾ってきては、

「我が家には犬や猫を喰わせる余裕はない」

と鉄蔵に怒られ、泣く泣く捨てにいったかとおもうと、近所の寺の境内にこっそり餌を運んで食べさせていたものだった。

剣術を修行するしか能のない鉄蔵。年端のゆかない幻八と深雪の兄妹。家族四人の暮らしをささえたのは母・里江《さとえ》の仕立の内職だった。同じ微禄の御家人の娘で、呉服問屋越前屋《えちぜんや》へ嫁いだ幼なじみとの縁で始めたのだが、十年前、風邪をこじらせてあっけなく急死するまで、途切れることなくつづいたのだった。

里江が逝去したのち、家計を支えるのは幻八の役割となった。鉄蔵はそれまでの剣術三昧の暮らしをあらためようとしなかった。深雪はまだ幼い。否《いや》でも応《おう》でもなかった。働かねば三度の飯もままならなくなる。習い覚えた剣を役立てるしか、たつきの手立てをおもいつかなかった。口入れ屋に知り合いがあるわけではない。通りすがりの矢車屋《やぐるまや》という口入れ屋へ飛び込み、用心棒の仕事を仲介してもらった。

玉泉堂と縁ができたのも、因業《いんごう》な高利貸しの悪行を読売で書き立てたために、やくざに狙われることになった、仲蔵の用心棒を引き受けたことがきっかけだった。

用心棒を引き受けた先で聞き込んだ、さる大店の内儀の、年下の手代との不義密通、心中事件を仲蔵にすすめられるまま文言にした。

「こいつぁ、なかなかのもんだ」

読み終わるなり、感心したようにいった。

「どこかで文言書きの修業でもなすったんですかい」

まじめな顔つきでつづけた。

「はじめてだ」

と答えると、

「そうですかい。文言書きの才があるんですね」

お世辞とはおもえない口調だった。じっと幻八を見つめて告げた。

「用心棒をやめて読売の文言をやっちゃあどうですかい。喰うには困りませんよ」

「ほんとか」

何やら理由《わけ》ありの連中が、用心棒を雇うのだ。なかにはあきらかに悪事の手助けとしかおもえない仕事もあった。そんな用心棒稼業に嫌気がさしていたところだった。まだ一度しかやっていない文言書きだったが、用心棒よりは性に合う気がした。

「どのくらい稼げるのだ」

「用心棒ではどのくらいお稼ぎで」

「月にならすと二分、といったところか」

月に一度も仕事がないこともあった。そんな時は不安で、何度も矢車屋へ通った。値切られて、とんでもない安値で用心棒を引き受けたことが、何度もあった。

「それよりは稼げます」

仲蔵は得意げにいい、鼻を蠢《うごめ》かせた。

「おもしろそうだ。やってみたい」

厭な奴らを助けずにすむとおもった途端、すっと気持が楽になり、なにやら弾んだ気分になったのを、幻八はいまでもはっきりと覚えている。

それからというもの、町のあちこちへ出かけては、おもしろそうな噂話を聞き込んでまわった。話を仕入れる先は、用心棒をやっていたころ知り合ったやくざの子分や町の無頼たちだった。暇で巷の出来事には耳ざとい連中である。読売のタネに不自由はしなかった。

文言を書いた読売はそこそこ売れた。そのせいか計算高く、けちくさいところはあるが、仲蔵もそれなりに面倒をみてくれた。いつのまにか文言書きの世界にどっぷりと浸かっていた。


「兄上」

深雪の呼びかけに、幻八は現実にひきもどされた。

「なんだ」

「米櫃《こめびつ》がそろそろ空になりまする」

手を差し出した。

「金か」

懐から巾着をとりだした。手を突っ込み、手探りで小判を五枚、指でつまんだ。

「五両だ。大事に使え」

床に置かれた五両を手にとり、

「足りませぬ」

と応じた。

「もう、ねえよ」

「ないはずがありませぬ。兄上はいつも手持ちの金子《きんす》の半分ほどしか、お出しになりませぬ」

じっと見つめた。梃子《てこ》でも動かぬとの強い光が目の奥にあった。

眼をそらして、いった。

「そうだな」

十五両残っている。いままでも深雪は受け取った金の二倍を必ず要求してきた。

以前はそうではなかった。つらつら考えてみると、駒吉と暮らし始めてから、そうなったような気がする。

（駒吉が余計な知恵をつけたのだ）

と幻八は推量していた。そのことに気づいてからというもの、まずは手持ちの金の二、三割を渡すようにしている。

幻八は大仰《おおぎょう》に溜め息をついた。

「仕方ない。万吉たちにも金がかかるだろう。着た切り雀というわけにもいかねえしな」

ぼそりとつぶやき、巾着に手を入れた。

さらに小判を五枚つまみだし、床に置いた。

「大事につかいます」

手にとり、懐に入れた。

「夕餉《ゆうげ》の支度《したく》をします。お腹一杯食べてくださいね」

にこやかに笑って立ち上がった。

幻八と深雪の話が終わるのを待ちかねていたように、鉄蔵が顔を出した。木刀を二本、手にしている。

「剣の腕が鈍っていないか試してやる。庭へ来い」

そういって、さっさと庭へでていった。当然来る、と決めつけた動きだった。

「一手、御指南願います」

家に帰ると行事のように繰り返されることであった。鉄蔵は相手のお構いなしに、自分が納得いくまで稽古をつづける。それをおもうと気が重かった。幻八は渋々立ち上がった。


すでに半刻（一時間）はすぎていた。打ち込みからはじめて、実戦形式の打ち合いとなる。十坪少しの狭い庭がふたりの道場であった。どちらかが、

「参った」

というまで稽古は際限なくつづけられた。

「参った」

というのはたいがい幻八であった。それも頃合いを計っていわないと、

「怠け心を起こしおって、許さぬ」

と向きになって、それまで以上に厳しい鍛錬を仕掛けてくる。半刻が一刻（二時間）にのび、さらに延々二刻（四時間）におよぶことなど、ざらであった。

鉄蔵はいつも以上の激しさで幻八と打ち合った。昔はともかく、いまでは三本打ち合って二本は楽にとれるほどの腕の差になっていた。適当にやりすごすつも

りでいた幻八だったが、この日は違った。真剣に打ち合った。三本に二本とるのがやっとだった。

鉄蔵に疲れがみえてきた。そろそろ頃合いだった。

「参った」

と声をかけようとしたとき、かつてないことが起こった。鉄蔵が片手をあげ、

「これまで、としよう」

と告げ、

「腕を上げたようだな」

と微笑んだのだ。

意外な成り行きに幻八は黙り込み、あいまいに笑みを返した。

片肌を脱ぎ、汗を拭《ぬぐ》いながら、いった。

「夕餉の支度ができたようだ。深雪の料理の腕もあがった。やっぱり母娘《おやこ》だな。里江と味が似てきた」

返そうとしたが、幻八はことばを発することができなかった。鉄蔵が幾つになったか、とっさにはおもいだせなかった。

（そろそろ六十に手の届くはず……）

それが来年なのか再来年なのか。幻八は井戸端で諸肌《もろはだ》を脱ぎ、釣瓶《つるべ》を引き上げている鉄蔵を凝然《ぎょうぜん》と見つめた。


夕餉を終え、帰る幻八を深雪が門前まで見送りに出てきた。

「できるだけ顔を出してくださいい」

別れ際にいった。

「父上の躰の具合はどうなのだ」

「毎晩、半刻から一刻かけて木刀をうち振って、剣の錬磨にはげんでおられます。いつもと変わらぬご様子」

「それなら、よいが……」

「父上はお寂しいのでございます。ときどき万吉たちと遊ばれたり、ぼんやりと庭を眺めておられたり……できれば屋敷に」

深雪のことばを幻八が断ち切った。

「もどることはできぬ。文言書きで稼がねばならぬ。町人たちと二六時中触れ合い、噂を聞き込みつづける。それがもっとも大事なことなのだ」

深雪が黙り込んだ。

「また、来る」

幻八は踵を返した。

蛤町の住まいに帰ると駒吉がもどっていた。神棚の前に坐り、普段着の縦縞の小袖に着替えて、手酌で猪口《ちょこ》を傾けている。ほんのりと頬が染まっていた。箱膳に湯飲みが置いてあるところをみると、幻八と差し向かいで呑《の》むつもりでいたらしい。

「いつ帰ったんだ」

坐りながら、問うた。

「かれこれ一刻になるかね」

「本所へいってきた。例によって剣術の猛稽古となってな。父上にしぼられてへとへとだ」

酒を口へ運ぶ手が止まった。幻八をじっと見つめていった。

「贅沢いっちゃいけないよ。親が生きていてくれるだけでも、ありがたいとおもわなきゃ」

幻八は黙った。腕のいい錺職《かざり》だった駒吉の父は、数年前に病で死んでいた。母は駒吉が十歳になった年に、酒呑みで怠け癖のある父のかわりに働き詰めに働き、疲れ果てたのか、あっけなく死んだ。内職の風車づくりをやっていた作業台がわりの米櫃に、顔を突っ伏したまま息絶えていた。まわりに風車が散乱していた。

「その光景がいまでも瞼《まぶた》に焼きついているのさ」

駒吉はときどきそういっては、瞼を拭った。母の死後、一時は真面目に働いていた父だったが長続きせず、結局は借金がふくれあがり、苦界に身を沈める羽目におちいったのだった。

「そんなお父っさんでも、いま生きていてくれたらどうだろうと、おもうときがあるのさ。おまえさんのお父っさんは、生真面目と不器用を身にまとって歩いているようなお人じゃないか。大切にしなきゃいけないよ」

駒吉が猪口を置いた。酒を呑むと駒吉には軽い説教癖が出てくる。ここらが抑え時だった。

「わかってるよ」

幻八が徳利を手にとって注《そそ》ごうとした。その手を押さえ、

「あたしも湯飲みにしようかね」

と茶でも呑んでいたのか、傍らに置いてあった湯飲みを手にした。

幻八が酒を注いだ。一気に飲み干した。こころに残っていた屈託を、呑み込もうとでもしているかのような呑みっぷりだった。

音を立てて湯飲みを置いた。ぽつりといった。

「くやしいねえ」

「なにが、だ」

しみじみとした口調だった。

「来なかったんだよ、誰も」

「来なかった？」

「旦那衆がさ」

「ひとりも、か」

「そう。ひとりも」

幻八は黙り込んだ。駒吉のこころが痛いほどつたわってきた。

「生きているうちは、蝶よ花よ、とおだてまくってさ。しっぽりと濡れてみたい。おまえとなら一苦労してもいいよ、なんて口説きを重ねていながら、死んだら一切かかわりないってことなんだ。紙風船さね、人情なんか」

いきなり箱膳を横にずらして、幻八の膝に手を置いた。

「ねえ、おまえさん。おまえさんはそんなこと、ないよね。わたしが死んだら涙のひとつも流してくれるだろう」

じっと見つめた。必死なものが目の奥にあった。

とっさに返すことばが出てこなかった。おもわず膝の上にある手を握りしめていた。駒吉が握り返してきた。

「駒吉」

「おまえさん」

縋《すが》りついてきた。

幻八は駒吉の肩を強く抱きしめた。

四

雲が重くたれ込めている。湊屋治兵衛と蔵前屋辰蔵に会うと決めていた幻八は、昼すぎに家を出た。

（銭を出さねば書き立てて揺さぶるだけのこと）

そう腹をくっている。

駒吉は、

「くやしい」

といった。偽らざるこころの叫びだと幻八は感じた。

芸者は売り物買い物、遊びの品揃えのひとつにすぎぬのかもしれぬ。遊びに来た旦那衆にしてみれば芸を売る、いや春をひさぐ生き人形、生きた玩具でしかないのだ。

「玩具にも、こころはある」

つぶやいて幻八は苦い笑いを浮かべた。

（おのれの欲を満たすために動くのが、人という生き物なのだ）

ほとんどがそうおもって生きているに違いない。だとすれば、他人はすべて欲を満たすための道具、用なしになれば、あっさりと捨てさる玩具ということになりはしないか。

この世は玩具にする者とされる者が、ぶつかりあって動いているにすぎない。ならば玩具にする側にまわればいい、ともおもうのだが、簡単には割り切れないものがあった。

（しょせんおれには、その時々の風まかせの暮らししかできぬ）

生来面倒くさいことが嫌いな質であった。そのくせ、ひとつ事に熱中すると、とことん納得するまでやり抜く。剣術もそのひとつだった。ただ強くなりたい一心で厳しい修行に耐えた。いまでは町道場で免許皆伝を受けた者たちにも、めったにひけはとらないとの自信がある。

このひとつ事に夢中になる資質が、聞き込んだ噂をとことん追いかけ、読売にする文言書きの稼業には適していた。

幻八は懐をさぐった。染奴の書き残した売り掛け覚が二つに折って入れてある。事の成り行き次第では、湊屋や蔵前屋に見せることになるかもしれない書き付けだった。

「容赦しねえぜ」

幻八は不敵な笑みを片頬に浮かべた。目指す湊屋は数軒向こう、目と鼻の先に迫っていた。

店へ入ってきた幻八を番頭名代の磯吉《いそきち》が見とがめて近寄ってきた。

「申し訳ありませぬが、旦那さまはお出かけでございます」

なかば予期していたことであった。片頬に皮肉な笑みをつくって、いった。

「そいつはおかしい話だ。旦那と会えるように段取りしてくれるという約束だったはずだぜ」

「約束といわれましても」

　薄ら笑いを浮かべた。

「仕方ねえ。こっちにも都合がある。書くしかねえな」

「旦那さまは『何の弱みもない。表沙汰になっても結構だ』とおっしゃってました」

「何の弱みもねえ、か」

　懐から売り掛け覚を取りだして、つづけた。

「これが染奴の売り掛け覚だ。玉代《ぎょくだい》を立て替えさせられたあげく、一晩床を共にしたら、たまりにたまった玉代を払うと持ちかけられ仕方なくつきあった、と書いてあるぜ」

　磯吉の眼前に売り掛け覚を突きつけた。読もうとして必死に身を乗り出した。

これみよがしにゆっくりと折り畳み、いった。

「売り掛け覚のとおりに書かせてもらうぜ。湊屋治兵衛に、せいぜい世間に恥をさらすんだな、とおれがいっていたとつたえてくれ」

懐手をして、踵をかえした。

「お待ちくださいまし。段取りますので明日にでも旦那さまと会ってくださいまし。なにとぞ、なにとぞよしなに」

歩き去る背に呼びかけた。幻八は振り向こうともしない。

「困ります。お待ち、お待ちください。必ず明日は話ができるよう取り計らいます。待って」

声をかけながら、足袋のまま土間に降りたって追ってきた。

縋るように袖をつかんだ。

「文言書きさま、なにとぞ思い直してくださいまし。実は旦那さまとは、このことについてくわしく話をしておりませぬ。そのような証《あかし》になるものがあるとは知りませんでした。旦那さまの世間体にかかわること、なにとぞ、今一度」

「うるせえ」

磯吉を振りはらった。よろける磯吉を見据えて、告げた。

「こちらにも都合があるといったはずだ。時は金なり、というぜ。二、三日後を楽しみにしていな」

「それでは」

「書くよ。存分にな」

ふてぶてしい笑いを浮かべた。息を呑んで棒立ちとなった磯吉に一瞥をくれ、悠然と歩き出した。

いつもなら相手の申し入れにのって、銭をせしめる仕掛けをすすめるところだった。向こうから縋ってきているのだ。それこそ幻八の望むがままに値をつけてくれるはずであった。だが、なぜかその気にならなかった。駒吉が発した、

「くやしい」

の一言がこころの奥底に宿っていた。

ただ、

「銭はせしめる」

と決めていた。書き立てた読売を持っていき、

「もう一度、いや二度三度書ける材料がこちらにはあるんだぜ」

と迫れば、世間体のある者のほとんどが、

「これにてご勘弁を」

と封印つきの小判のひとつも寄越してくることを、これまでの経験から知りつくしてもいた。

蔵前屋には相変わらず旗本、御家人らしき武士たちが出入りしていた。店はあきらかに大身と微禄の者たちを差別して扱っていた。貧しい身なりの者たちは店の畳敷きで手代が対応していた。大身とみえる、贅を尽くしたつくりの大小を腰に携えた武士は番頭が迎えに出て、奥の応対の間へ案内していく。

店に入った幻八は足を止め、その光景を、しばし眺めた。

江戸幕府開府の折りに定められた身分はとうに崩れ去っている。借金を申し入れているのであろう。手代になったばかりとみえる年若の奉公人に、片手拝みして愛想笑いを浮かべている中年の御家人の姿があった。手入れの行き届いていない月代には、髪の毛がうっすらと伸び始めている。無精髭が骸骨のような顔を、さらに貧相に見せていた。

幻八は、見たくもないものを見せつけられた気がして、おもわず顔をしかめた。視線を流すと、帳場机に向かい時右衛門《ときえもん》が算盤をはじきながら、算用帳でもつけているのか筆を走らせている。先日、応対をした手代が幻八に気づき、時右衛門に近寄り、顔をよせて何事か話した。おそらく幻八が来たことを告げたのであろう。時右衛門はうなずいただけで顔をあげようともしなかった。筆を置き、帳面を閉じる。算盤を机の端に置いた。ちらりと幻八に目線を走らせる。が、目を合わせようともしない。

時右衛門はゆっくりと立ち上がり、歩み寄ってきた。さりげなく視線をそらしている。前に来て、軽く腰を屈めていった。

「これはこれは、本所北割下水にお住まいの御家人朝比奈鉄蔵さまのご嫡子《ちゃくし》の幻八さま、本日は何のご用でございますか」

小馬鹿にした物言いだった。坐ろうともしない。土間にいる幻八を見下ろしたかたちとなった。

「調べたのか」

「いえいえ。先日いらした時に、たまたま居合わせた御家人の方が朝比奈さまを見知っておられて、それでわかったのでございます」

薄ら笑いを浮かべた。旗本、御家人の暮らしに深くかかわっている札差の横柄さが剝き出しとなった。

「おれは貧乏御家人の倅《せがれ》として来たのではない。読売の文言書きとして噂の裏を取りに来たのだ。蔵前屋さんはいるかい」

「旦那さまは日暮《ひぐらし》の里の寮におられます。今晩、お客さまをもてなす宴を催されますので」

「おれに日暮の里まで足をのばせ、というのか」

「あなたさまの勝手でございます」

「蔵前屋辰蔵は読売に書き立てられても何の痛痒《つうよう》も感じない、とでもいったか」

幻八はあえて蔵前屋の主を辰蔵と呼び捨てにした。時右衛門の面に険しいものが走った。冷ややかな顔つきでいった。

「たんなる噂でございましょう。書き立てたら逆ねじを喰らわせるだけのこと」

「噂だけではない。確たる証があるといったらどうするね」

「口では何とでもいえますからな」

「大型の天秤の一方に染奴を乗せ、片方に小判を積み上げていく。同じ重さの小判の量で一年間、その躰を買い取りたいと蔵前屋辰蔵から持ちかけられた、と染奴が残した書き付けに書いてあるぜ」

懐から二つ折りにした売り掛け覚を取り出した。

「これが、その書き付けだ」

「見せていただけませぬか」

「いやだ。おれの大切な飯の種だからな。いっとくが、染奴をあつかった読売は何度も出る。蔵前屋の名がおおいに売れるな」

鋭く見据えた。

「饑饉つづきのご時世だ。芸者を一年間買い取るために法外な金を積む。さぞや世間が褒めちぎるだろうぜ」

皮肉な笑みで、つづけた。

「読売を読んで、江戸へ流れ込んでいる無宿人どもが打毀《うちこわ》しにこなきゃいいがな」

「威《おど》しはききませぬ」

「ここ数日のうちに読売が出る。そうすればわかるさ。邪魔したな」

くるりと背を向けた。

「とんだ疫病神《やくびょうがみ》だ。塩をまいておくれ」

時右衛門が丁稚に命じる声が聞こえた。こういう扱いには慣れていた。

幻八は悠然と歩みをすすめた。

玉泉堂に着くなり幻八がいった。

「『芸妓色暦』を書くぜ。奥の座敷はあいてるな」

上がり框まで出迎えた仲蔵が応じた。

「いつでも文言が書きだせるように用意万端ととのってるぜ。それより知ってるかい」

「何のことだ」

「辻斬りが出たんだ。一晩にふたり殺《や》られた。浅草と牛込《うしごめ》でな」

「辻斬りがふたりいる。そういうことかい」

「そうらしい。新手の辻斬りが現れた、と岡っ引きの阿部川町の卯吉《うきち》が読売のタネを売り込みにきた」

首をかしげて、指を折って数えた。

「これで三十と二人か。御上も、探索の手をゆるめているわけじゃないだろうにな」

脳裏に、眉間に皺を寄せて思案投げ首の石倉五助の姿が浮かんだ。

「町方の全部が全部、捕物上手というわけでもねえしな」

ぼそりとつぶやいた。

「そうだな。卯吉みてえに、御店の相談にのって袖の下稼ぎに精出してる奴らもいるからな」

岡っ引きの手当は雀の涙ほどのものだった。縄張りの御店の面倒事を内々で始末してやり、謝礼がわりの小遣いをもらう。それが岡っ引きたちの暮らしをまかなう銭となった。御上は表向きは袖の下をもらうことをきつく戒めていたが、満足に手当も払えぬ貧窮した懐事情もあり、見て見ぬふり、というのが現実であった。

幻八のなかで、唐突に膨れあがったことがあった。染奴の簞笥のなかに売り掛け覚と一緒にしまわれていた救民講の講中札のことであった。

「救民講の噂を聞いたことがあるかい」

仲蔵に問いかけていた。

「知ってるよ」

「どんな仕組みになってるんだ」

「救民講の講中札を買った奴が、別の者に講中札を買うようにすすめる。親と子の関係になるとおもいねえ。子の払い込んだ銭の何割かが親にもどる。親の儲けになるわけだ。子が同じように孫に講中札を買わせる。その孫の払った分の幾ばくかを、親と子とで分け合う。その仕組みが際限なく続いていく」

「子が孫に、孫が曾孫《ひまご》に講中札を買わせるたびに、親の実入りが増えていくって仕組みかい」

「音羽《おとわ》に篤塾《とくじゆく》という儒学の学問所を開いている檜山篤石《ひやまとくせき》という、若いが博学と評判の先生が、世直しのために始めたって聞いてるぜ。町人たちの間に少しずつ広まってきているという話だ」

「おもしれえことを始めやがったな。檜山篤石って野郎、たいした利口者だぜ。しかし……」

ことばを切って首をひねった。どこか合点がいかなかった。その思案を仲蔵が断ち切った。

「彫師と刷り師を手配しておくぜ。際物師《きわものし》にも声をかけとこう。明日には売りだしてえ。文言書き、大急ぎで頼むぜ」

五

暮六つ（午後六時）少し前から書き始めた。夕飯には握り飯をかじりながら一時も筆を休めることなく、真夜九つ（午前零時）に書き上げた。

幻八はそのまま玉泉堂に泊まり込んだ。

『芸妓色暦』はいつもより文字数が多かった。とくに蔵前屋や湊屋のくだりは名こそ伏せてあるが、読む者には、はっきりと、どこの誰かわかるような書き方をした。その分、文言が多くなった。

文言の字数が多すぎて一枚の読売におさめきれないとき、彫師から手直しを求められることがあった。彫師は彫師なりに彫る字の大きさを調整して、できるかぎり書かれた文言をおさめようとするのだが、うまくいかないときもある。そのときにそなえての待機であった。

駒吉には、あらかじめ玉泉堂で徹夜で文言を書くとつたえてある。駒吉は無断で外泊しないかぎり、うるさいことはいわなかった。

木版が彫りあがったのは明け方であった。十数人の彫師がほぼ似たような時刻に彫り上げたのは、まさに職人技の権化ともいうべきものであった。

「手早い彫師、刷り師をいつでも呼びつけられるように、日頃から気配りをして手なずけておく。気楽なようにみえるかもしれねえが、板元の親父も、これでなかなか気苦労のおおいものなんだ」

酔うと仲蔵がいつも口にすることばだった。読売はつねに新しい題材を求められる。急ぎの仕事が当たり前のような稼業であった。幻八は彫師、刷り師、際物師などの瓦版《かわらばん》売りたちを集める仲蔵の手際《てぎわ》のよさを、半ば感嘆のおもいでながめたものだった。

玉泉堂に集められて仮眠をとっていた、刷り師十数人が一斉に刷りはじめた。昼前には、やっと墨がかわいたばかりの読売の束を抱えて、弥吉ら際物師たちが町々へ散っていった。読売は扱う題材で売れ行きが違う。

「三刷りは堅い」

と仲蔵はふんでいた。際物師たちは手持ちの読売がなくなり次第、玉泉堂にもどってきて、再度瓦版売りに出かけるよう、あらかじめ仲蔵から命じられていた。それにそなえて刷り師たちは、際物師たちが出かけたあとも、木版に墨を塗りつけ、作業をつづけていた。三度めは、二度めの刷りの売れ行き次第で何枚刷るか決められる。それまで刷り師たちは、玉泉堂の作業場で待機させられた。

刷り師が、黙々と二度目の刷りを行う光景を横目に見ながら、幻八は玉泉堂を出た。

蔵前屋や湊屋に仕掛けるのは、『芸妓色暦』が江戸中に出回ってからのことであった。幻八のなかに引っかかるものがあった。救民講のことである。救民講の講中札をもっていた以上、染奴が救民講の講中であることはあきらかだった。講

中札には、

『講中　六番札』

とあった。札番からみて、染奴は救民講が始まってまもなく講中に加入したことが推量できた。仲蔵は、

「救民講の講中札を買った奴が、別の者に講中札を買うようにすすめる。親と子の関係になるとおもいねえ。子の払い込んだ銭の何割かが親にもどる。親の儲けになるわけだ。子が同じように孫に講中札を買わせる。その孫の払った分の幾ばくかを親と子で分け合う。その仕組みが際限なく続いていく」

といっていた。

染奴の札番からみて、かなりの分配金が手元に入った、と推断してもおかしくないのだ。

染奴が救民講からどれほどの分配金をもらったか、講中札の仕組みがくわしくわからない以上、推測する術もなかった。

幻八は音羽へ向かっていた。

音羽の護国寺の門前からまっすぐにのびた通りは、参詣客で賑わっている。建ちならぶ茶屋の女たちが客の袖を引いていた。このあたりの水茶屋の女のなかに

は、春をひさぐものもいて、ちょんの間の遊びを楽しみたい男たちが、数多く通ってきていた。

仲蔵は篤塾の場所を詳しく知らなかった。幻八は、護国寺の表門へ入ろうとする、網代笠《あじろがさ》に黒染めの衣といった出で立ちの僧侶に声をかけ、道筋を聞いた。鉄鉢を手にしている。托鉢《たくはつ》の帰りとみえた。

篤塾は、護国寺の塀の途切れたあたりを右折し、本浄寺《ほんじょうじ》の手前を左へ入って少し行った百姓町の一画にあるという。

「庄屋の屋敷を譲りうけたという話でして。田畑の広がる一帯。すぐにわかります」

網代笠の端に手をかけ、丁重に応えてくれた。

軽く一礼した幻八に会釈《えしやく》を返し、僧侶は門内に立ち去っていった。空を見あげると、陽《ひ》が雲間に隠れようとしていた。暑くもなく寒くもなくの過ごしやすい一日だった。こんな日は人が町に出やすい。幻八は『芸妓色暦』の売れ行きも悪くはなかろう、とおもった。人出の多い日は読売も売れる。

「夏場のかんかん照りの日に、読売を売り出すなんて愚の骨頂で。汗で手にした読売の墨はにじむ。人は出歩いていない。人がいなきゃ、いくら瓦版売りが声を張り上げても客が群がらない。ないないづくしの空《から》っ穴《けつ》というやつでさ」

仲蔵がよくいっていた、とおもいながら歩みをすすめた。

僧侶のいうとおりだった。護国寺の塀をすぎると一面に畑が広がっていた。安産、子育てに霊験《れいけん》あらたかと評判の雑司《ぞうし》ヶ谷《や》の鬼子母《きしぼ》神堂《じんどう》や大行院《だいぎょういん》の甍《いらか》が笠森《かさもり》稲荷《なり》の赤い鳥居の向こうにみえる。その手前に百姓家の聚落《しゅうらく》があった。ひときわ目立つ長屋門の屋敷がみえる。おそらくその屋敷が篤塾、と幻八は判じた。

畑を区切って道が通じていた。青々とした葉が、ほぼ同じ間をおいて点々と土中から突出している。大根か蕪菜《かぶらな》でも植えてあるのだろう。さえぎるものがないためか、吹く風が町中より強く感じられる。

風に逆らってゆっくりと歩き続けた。見通しがいいせいか、間近とみえた屋敷はおもいのほか遠かった。長屋門の前に立ったとき、幻八の背にはうっすらと汗が滲《にじ》み出ていた。

長屋門に篤塾と墨書された看板が掲げられていた。ぐるりを見渡したが、どこにも救民講の招牌《しょうはい》らしきものは見あたらなかった。

長屋門の門扉は開け放たれている。屋敷内に、救民講にかかわるものがあるかもしれなかった。幻八は屋敷内へ足を踏み入れた。

そのときだった。

「合点がいかねえ。おれは講中札を持っているんだ。正真正銘、代理の者だぜ」

いきりたつ男の声がひびいた。足を止め、見やった幻八の目と鼻の先、長屋門の門番詰所の前に、四十がらみの遊び人風の男が気色ばんで立っていた。中肉中背で細面《ほそおもて》。細いが黒目のしめる割合の多い鋭い眼が、さして特徴のない目立たない顔つきに抜け目がない印象をあたえていた。

藍色の木綿の小袖に渋茶の袴《はかま》といった出で立ちの、総髪に結った若い書生風の武士が応対をしている。

「だから訊いておるではないか。その十一番の講中札をどうして手に入れたのか、と」

「知り合いから預かったのよ」

「いつのことだ？」

「だから何度もいってるだろう。よくおぼえてねえ、と」

「ほんとにあずかったのか」

「疑ってやがるな。おれは江戸っ子だぜ。嘘と坊主の頭はゆったことがねえんだ。分配金、払ってくれるのか、くれねえのか、はっきりしやがれ、この野郎」

肩の近くまで、これみよがしに腕まくりをした。二の腕に彫った桜の彫物が露わになった。彫物をみせることで、堅気《かたぎ》の稼業の者ではないとみせつけ、武士にたいして脅しをかけようとしていることはあきらかだった。

「立派な彫物だな」

武士が皮肉な口調でいった。

「背中一面から二の腕にかけて、桜吹雪が踊ってらぁな」

「無頼か」

「遊び人だ」

「そうか。それで、読めた」

「何がでえ」

「おまえは講中札をくすねたのだ。それに違いない」

「なにっ。てめえ、いうにことかいて、おれを盗《ぬす》っ人《と》扱いするのか」

武士が鼻先で笑った。

「いっとくが、おまえの持っている講中札の持ち主はすでに死んでいる」

「なんで知ってるんだ」

「救民講は講中の動きに、つねに目を光らせているのだ」

「分配金を払いやがれ。おれは残された女房から頼まれたんだ」

「まだいうか。帰れ」

「払え。払いやがれ」

男が武士につかみかかった。門番詰所から数人の書生風が飛び出してきた。加勢の武士とみえた。男に襲いかかった。

「痛い。何しやがる。やめろ。痛えよ」

殴られるや、あっけなく地面に倒れ込み、躰を丸めて悲鳴をあげた。さきほどの威勢がどこへ失せたか、惨《みじ》めな姿をさらした。加勢の武士たちは容赦なく殴り、蹴り上げる。

幻八は間近に立ったまま、凝然《ぎょうぜん》と見つめていた。

「何をしておる」

武士たちに声がかかった。幻八は視線をうつした。玄関の式台に諸太夫髷《しょたゆうまげ》の武士が立っていた。三十半ばとしか見えぬのに、その身から凛《りん》とした、他を圧するものが発せられていた。

加勢の武士たちが一斉に動きを止めた。

「先生、こやつ」

先生と呼びかけられる人物はただひとり。檜山篤石しかいなかった。

「引き上げもらいなさい。乱暴はいかん」

「はっ」

武士たちが顎《あご》をひいた。

「でていけ。めざわりだ」

武士が声をかけた。桜吹雪の彫物の男は躰を丸めたまま動こうとしない。業を煮やしたのか、武士たちは男の肩と両足に手をかけ、持ち上げた。男はされるがまま、あらがおうとはしなかった。仕留められた猪さながらに抱えあげられ、門外へ運びだされた。塵芥《ちりあくた》でも捨てるように男を地面に放り投げる。男は微かに呻《うめ》いたまま、身動きひとつしなかった。

檜山篤石はその様を見届けたあと、奥へもどろうと躰の向きを変えた。幻八が声をかけた。

「檜山先生とおみうけした。身共は読売の文言書きを生業とする、通り名を聞き耳幻八という者。救民講についておたずねしたい」

「読売の文言書き?」

足を止め、振り返った。

「救民講の何をききたいのだ」

「仕組み。講中の数。諸々を」

「なにゆえ救民講を」

「いま江戸府内で評判になりつつある講。噂を先取りし、広くつたえるは読売の役目」

　檜山篤石が微笑んで、いった。

「饑饉、一揆、打毀しが頻発するご時勢。世直しの一助になればと門番詰所に救民講の事務方を置き、始めたこと。町人たちに広く知られるは悪いことではない。お話ししよう」

「さっそくのお聞き入れ、かたじけない」

　笑みを返した。

　半刻（一時間）後、幻八は救民講にかかわる事柄を、檜山篤石から聞き終えた。

　檜山篤石は、

「若いが博識でなかなかの人物」

との噂にたがわぬ者であった。救民講の成り立ち、組織、運営の仕組みなど、儒学の思想を交えながら事細かに説明した。

「講中札には、講に加入した順にしたがい番号が書いてあります。講の積み金は一口一分。加入時に積んだ口数は講中各々違いがあり、口数は事務方にて管理しております。金子の分配は月二度、十五日と末日。いまのところ何の問題も起きておりませぬ」

弁舌《べんぜつ》さわやかに話しつづけた。幻八は聞き役に徹した。知らぬ相手には話したいだけ話をさせる。余計な口をさしはさめば、相手に妙な警戒心を起こさせる。聞き込みの鉄則であった。

「くわしくお話しいただき痛み入ります。聞きたいことがあればまた来ますので、そのときは、よしなにお願いいたす」

礼をいい、幻八は篤塾を後にした。

長屋門を出てまもなくのことだった。

「文言書きの旦那」

と呼びかける声があった。

振り向くと、塀の切れたあたりに着流しの男が立っていた。軽く腰をかがめる。桜吹雪の彫物のある遊び人だった。愛想笑いを浮かべて、近寄ってきた。

「何の用だ」

「冷たい物言いだね。あっしを助けようともしてくれない。ほんとに冷たいお人だ」

「殴られてわざと倒れ、できるだけ手傷を負わないように躰を丸めて動かない。武術の心得があるとみた。それも並大抵の腕ではない。そんな奴を助ける必要はない」

「こりゃまいった。それを見抜く旦那の腕前も、なかなかのようでござんすね」

「無駄口をたたいている暇はない」

行きかけた幻八の前を塞《ふさ》いで、いった。

「話を聞いていただきたいんで」

「救民講のか」

「聞いていただけやすか」

遊び人が薄く笑った。ただでさえ抜け目のない眼が、一挙手一投足を見逃すまいと、瞬きひとつすることなく幻八に据えられていた。

「聞かせてもらおう」

「そうこなくちゃいけねえ。ゆっくりと話のできる場所へ案内しやす」

返答も待たずに先に立って歩き出した。幻八は無言でつづいた。

第三章　音羽《おとわ》ノ森《もり》

一

桜の彫物のある遊び人は、護国寺の門前を右へ折れた。宵の口にはまだ時があるというのに、門前町は客を引く水茶屋の女や、ほろ酔い気分の男たちで賑わっていた。

遊び人は土地《ところ》の事情に明るいらしく、足をゆるめることなく、裏通りを左へ入った。すこし行くとだるま屋か出合茶屋か、さだかには判別できかねる瀟洒《しょうしゃ》なつくりの建物があった。『東雲《しののめ》』と屋号が記された軒行燈《のきあんどん》に明かりが灯っている。

行きつけの店らしく遊び人はさっさと入っていく。幻八《げんぱち》がつづくと迎えに出た仲居に、

「いつもの座敷、頼むぜ」

といった。

「あいにく今ふたりづれが入ったんですよ。離れでは」

「いいよ」

それから遊び人がやったことは、幻八に小首を傾《かし》げさせたものだった。廊下にあがるなり脱いだ雪駄《せった》を手に取り、懐にしまい込んだのだ。

「なんのつもりだ」

おもわず問いかけていた。

「いえね。もしも御上の手入れでもあったら、すぐ逃げだせるじゃねえですか。転ばぬ先の杖って奴で」

幻八を見やって、にやりとした。

「そうかい。なにかと恨みを買ってる、臑《すね》に傷持つ身だってことだな」

「ご明察で」

「おれもそうしよう。巻き添えになったときに備えてな」

遊び人は応えず、ただ笑みを浮かべただけであった。

離れに入るなり、遊び人は案内してきた仲居にいった。

「料理は適当にみつくろってくれ」

幻八に上座をすすめ、向かい合って胡坐《あぐら》をかいた。

「遊び人の金《きん》さん、とみんなから呼ばれておりやす。湯島天神《ゆしまてんじん》近くの長屋、留蔵《とめぞう》店《だな》が塒《ねぐら》でして。もっとも寝に帰るだけで、ほとんど家にはおりやせんがね」

「遊び人の金さんか。おれも聞き耳幻八で通っている男だ」

「おたがい実の名よりも通り名のほうが知られている身のようで」

「話を聞こう」

「旦那《だんな》。救民講《きゅうみんこう》はなにやら怪しげな臭いがしやすぜ」

「なぜそうおもう」

「講中から講中札を譲り受けたおれに、分配金を払わねえのがその証《あかし》でさ」

「講中札の持ち主はすでに死んでいると、救民講の事務方の者がいっていたではないか」

「そのとおりで。が、ただの死に方じゃねえ」

「いま流行りの辻斬りにでもあったというのか」

「図星で」

「その講中札をいつ、どうして手にいれた、と問われていたな。おれもそうだが、誰もが不思議におもうことではないのか。もらったのか、あるいは盗んだのか、となし」

金さんが顔の前で大きく左右に手を振った。

「勘弁しておくんなさいよ。あっしが盗みをやるような男に見えますかい」

皮肉な笑みをつくって、応えた。

「見えるからいってるんだ。辻斬りにあった骸は、まず町方が検屍し、家の者に下げ渡す。持ち物も一緒に渡すのが慣わしだ」

「講中札を勝負のかたでとったんでさ」

「丁半博奕《ばくち》か」

「賭場《とば》の帰り道、あっしと別れた後、ばっさり殺《や》られやしてね。腕のいい鳶《とび》職人で名を安吉《やすきち》といいやした」

鳶職人たちのなかには、遊び人を気取る輩《やから》が多数いた。安吉が金さんとつるんで賭場へ出入りするのは、なんら不自然なことではなかった。

「おれに、なにをしてほしいのだ」

「読売《よみうり》に書いてほしいんでさ」

「読売に？」

「『辻斬りが狙う救民講講中』ってお題目で派手に書き立ててもらえりゃ、救民講をやってる奴ら、あわてるに違《ちげ》えねえんで」

「揺さぶりをかけて出方を見る。そういうことか」

眼を細めて、鋭く見据《みす》えた。

「何が狙いだ。分配金を手に入れたい。ただそれだけのことじゃあるめえ」

金さんが、黙った。

探り合いの、重苦しい沈黙が流れた。

ややあって、いった。

「仇《かたき》が討ちてえんで」

「敵討《かたき》ちだと？」

坐りなおして、いった。

「安吉とあっしは無礼講のつきあいを重ねてきた仲でして。くやしくてならねえんでさ。このままじゃすまされねえ」

「辻斬りは救民講が差し向けた刺客《しかく》。そう睨《にら》んでいるんだな」

「安吉が斬られたのは、住んでいる長屋の目と鼻の先でした」

「待ち伏せしていたといいたいのか」

「へい。野郎の塒を知っているのは仕事仲間か、あっしのような遊び人仲間ぐらいのもんで。辻斬りを差し向けるような奴はひとりもおりやせん」

「救民講の貫主《かんじゅひ》檜山篤石《やまとくせき》がいっていた。講中の住まうところ、講中参加の順、買った講札の口数など、あらゆることが記された講中簿が事務方に厳重に保管されているとな」

金さんが拳《こぶし》で一方の掌《てのひら》を軽く打った。

「その講中簿でさ。講中簿に秘密が隠されているかもしれねえ」

「仲間に盗《ぬす》っ人《と》はいねえのかい」

「旦那、冗談は困るぜ。こう見えても、れっきとした遊び人だ。多少の悪さはしても、他人様の懐に手ぇ出すような野郎とつきあうほど、落ちぶれちゃいねえつもりだ」

「救民講の講中で辻斬りにやられたのは安吉ひとりか」

「ほかに誰かいねえか探しだせ。そういうことですかい」

「ひとりだけじゃ、辻斬りと救民講がつるんでるとは書けねえよ。分かるだろう」

金さんが黙り込んだ。しばし思案に沈んでいたが、顔をあげて、いった。

「やってみやしょう」

「できるかい」

「遊び人でならした金さんだ。それなりのつきあいがありまさあ」

「おれにつなぎがとりたかったら、阿部川町の読売の板元玉泉堂《ぎょくせんどう》に来てくれ。主の仲蔵《なかぞう》がすべて取り仕切ってくれるはずだ」

「わかりやした」

金さんは不思議な男だった。酒や肴《さかな》が運ばれてくると、救民講の話をぷっつりとやめた。

よもやま話をして酒を呑《の》む。が、幻八はなかなか酔えなかった。得体の知れない奴、とのおもいが強い。

一刻（二時間）ほど後、幻八と金さんは店を出た。

「払いはいつものようにな」

帰りしなに金さんがいった。

「またのお越しを」

仲居は満面に愛想笑いを浮かべて、深々と頭を垂れた。

幻八はほろ酔い気分でゆっくりと歩いていった。浅草御門へ向かって神田川沿

い の道を行く。足がかすかにもつれた。

「呑み過ぎたか」

つぶやき、首を傾げた。それほど呑んだつもりはなかった。記憶をたどった。

一杯、二杯、三杯……。猪口《ちょこ》で十杯まではおぼえている。

金さんは呑ませ上手だった。気遣いが細やかで、話していても次から次へと興味深い噂話を披露しつづけた。いつのまにか幻八から警戒心が失せていた。

（それでついつい杯を重ねてしまったのだ。はじめて会った相手だというのに、なんということだ）

おもわぬ失態に大きく舌を鳴らした。

そのとき――。

ただならぬ気配を感じとった。

「殺気」

足を止め、前方を見つめる。

河岸際に立つ柳の木の下に黒い影が立っていた。ゆっくりと向き直る。腰に大小二本、刀を差していた。着流し姿の武士は強盗頭巾《がんどうずきん》で顔を隠している。幻八に向かって歩み寄ってきた。行く手を塞《ふさ》いで立ち止まる。大刀《だいとう》を抜いた。

幻八は刀の鯉口《こいくち》を切りながら、問うた。

「辻斬りか」

強盗頭巾は応《こた》えない。正眼《せいがん》に構え、半歩迫った。その動きが合図がわりだったのか、町家の蔭から五人の着流しが現れた。手に手に抜きはなった大刀を下げている。いずれも強盗頭巾をかぶり、唯一見える眼だけが血走って、獰猛《どうもう》な光を発していた。

「辻斬りはひとりではなかったのか」

強盗頭巾たちはことばを発しない。刀を構え歩み寄ってきた。

八双《はっそう》に構えながら、幻八は川を背負う位置に身を移した。背後から襲撃されないための動きであった。

強盗頭巾たちは半円の陣形をとった。半歩また半歩と距離を縮めてくる。幻八は斬りかかれば切っ先が届く間合いまで動かぬ、と決めていた。下手に動けば一斉に突きの攻撃を仕掛けてくるに違いない。ぎりぎりまで引きつけ、川に飛び込むとみせかける。集団で戦うときには、必ず功を焦る者が出る。用心棒時代に重ねた斬り合いから、功を焦る者は、抜け駆けに走りがちであることを学び取っていた。

幻八は、ただ待った。

酔いはかなり薄らいでいた。頭だけが妙に冷え冷えと冴え渡っているのが不思議だった。

間合いが、詰まった。

幻八は右八双に刀を置き、川に向かって身を翻《ひるがえ》す素振りをみせた。

刹那《せつな》――。

向かって左端にいた強盗頭巾が陣形を崩して斬りかかった。幻八は右下段に刀を構え直していた。左端の強盗頭巾には、その動きが躰《からだ》の蔭に隠れて見えなかったのだ。

幻八は刀を逆袈裟《ぎやくげさ》に振り上げた。大刀を下から撥《は》ね上げられた左端の強盗頭巾の躰が浮き上がった。隙だらけとなった胴に返す刀を叩きつける。大きく呻《うめ》いて、左端の強盗頭巾は崩れ落ちた。

幻八は動きを止めなかった。近くにいた強盗頭巾に突きかかった。突きをかわそうと、懸命に刀を左右にうち振った強盗頭巾の喉元《のどもと》に、切っ先が深々と食い込んでいた。引き抜かれる刀を追うように、その強盗頭巾が地面に向かって倒れこんだ。

刀を振りかざして斬りかかる、幻八の作法外《はず》れの喧嘩剣法に、強盗頭巾たちの間に動揺が走った。それぞれが勝手に動いていた。唸《うな》りを生じて振り下ろされる幻八の剣の鋭さに手が痺《しび》れ、刀を取り落とす強盗頭巾もいた。柳の木の下にいた頭領格とみえる強盗頭巾はさすがだった。刀を取り落とした強盗頭巾を斬り捨てようと返した幻八の刀を受け、鍔迫《つばぜ》り合いとなった。幻八が臑を強く蹴った。痛みに呻いた頭領格は、足を引きずりながらも飛び離れ、刀を正眼に構えなおした。

幻八は八双に身構えた。

頭領格の下知《げじ》に残るふたりが動いた。

「包囲しろ」

「おれが斬り込むのが合図がわりだ。同時に突きかかれ」

まさに必殺の作戦といえた。頭領格はなかなかの業前《わざまえ》だった。剣先も鋭い。一刀のもとに仕留めるのは、まず不可能だった。囲まれ、逃げ場がない以上、斬りかかられたら鎬《しのぎ》で受け、鍔迫り合いに持ち込むしかなかった。鍔迫り合いは一対一の勝負の時以外とってはならない体勢だった。結果的には、鍔迫り合いする相手に動きを封じられることになるのだ。

鍔迫り合いが始まるのを待って、同時にふたりが突きを入れてきたら、とても避けきれるものではなかった。

いい思案は浮かばなかった。

(死に物狂いでやるだけさ)

腹をくくった。

「引導を渡してやる」

頭領格がくぐもった声でいい、上段に構えたとき、呼子《よびこ》が鳴り響いた。

「まずい」

動きを止めた。

「引き上げる」

その声に残りの強盗頭巾が無言で踵を返した。脱兎のごとく走り去る。頭領格がつづいた。

見送った幻八は、呼子が聞こえた方へ眼を向けた。

十数軒先の町家の蔭から飛び出してきた黒い影がいた。駆け寄ってくる。腰に大小二本の刀を差し、十手を手にしていた。出で立ちからみて町方同心に違いなかった。

幻八は眼を凝《こ》らした。

瘦身《そうしん》。見慣れた姿形だった。頼りなげで生真面目な顔に、必死さを漲らせて駆け寄ってくる男は、まさしく石倉五助《いしくらごすけ》その人に相違なかった。

二

「おれをどこからつけてたんだ」

もちろん当てずっぽうだった。幻八はまだ息を弾ませている石倉五助を鋭く見据えた。五助はあわてて視線をそらした。その所作が、

（つけていた）

と語っていた。

「何のつもりだ」

睨《ね》みつけるように幻八に視線をもどし、いった。

「おれは隠密《おんみつ》廻り同心だ。しょっちゅう町中を巡り歩いている。たまたま出くわしただけのことだ」

「嘘じゃねえな」

顔を寄せ、じっと五助の眼を見つめた。

「嘘なんか、いうものか」

再び視線をそらした。

(しょせん隠し事のできない奴なのだ)

幼いころからそうだった。

近所の寺の境内《けいだい》に、うまいと評判の柿の木があった。ほどなく十歳になるというころ、よく柿泥棒に出かけた。幻八が木に登り、柿をもぎとっては下にいる五助に投げ落とす。その日はいつもよりたくさんとって、五助の腕いっぱいに柿が溢《あふ》れていた。

柿泥棒は手早くし遂《と》げるのが鉄則だった。この日は鈴なりの柿の実を手当たり次第にもぎとった。夢中になって時がたつのを忘れてしまっていた。

勤行《ごんぎょう》の合間に掃除でも、とおもいたったのだろう。修行僧が箒《ほうき》片手に境内に現れた。

みつけた幻八は、

「逃げろ」

と声をかけた。五助は脱兎《だっと》のごとく逃げだした。箒を振り上げ、もの凄い形相《ぎょうそう》で修行僧が駆け寄ってくる。枝から飛び降りたものの、狙ったところに着地ができなかった。傍《かたわ》らにあったわずかな窪《くぼ》みに足をとられ、大きく転倒した。いつもの幻八らしくない失態だった。修行僧の動きに気をとられたためだった。

大柄な修行僧が馬乗りになって、俯《うつぶ》せに倒れた幻八の片腕をねじ上げた。

「もうひとりいたな。どこのだれだ。いえ」

痛みに呻いたものの、白状する気はもうとうなかった。

「おれだ。おれひとりでやったんだ」

「嘘をつくな」

腕をねじる手にさらに力がこもった。脂汗《あぶらあせ》が浮き出るほどの痛みだった。

と——。

ねじ上げられていた腕がすっとゆるんだ。修行僧の手が離れた。

おずおずと顔を上げると傍らに五助がいた。盗んだ柿の実を前に土下座していた。

「盗んだ柿です。返します。もうしません。許してください」

地面に擦《す》りつけんばかりに何度も何度も頭を下げていた。

（間抜け）

と、こころのなかで幻八は吐き捨てた。ほんのわずかの間我慢をすれば、おいしい柿をたらふく食べられる、とおもっていた。それを、わざわざもどってきて柿の実を返し、詫びを入れるなんて。痛いおもいをしたおれは、どこで得をとればいいんだ。そう悪態をつきつづけていた。

幻八は俯《うつむ》いている五助を見つめた。いまもかわらぬ要領の悪さが躰全体から滲み出ている。

「ありがとうよ、五助」

正直な気持ちだった。優しげな声音に訝《いぶか》しげな、探る視線をくれた。

「蛤町まで送る」

「そいつは勘弁だ。ひとりで帰る」

「お務めだ。おまえに何かあったらまずい」

「本気でいっているのか」

「おれはこれでも江戸北町奉行所の同心だ。危険な目にあった者をひとりで帰すわけにはいかん」

「気持はありがたいが遠慮しとこう」

「なに」

「辻斬りはかなり腕の立つ連中だ。おまえの剣の業前ではかえって足手まといになる」

五助が口をへの字に結んで、黙り込んだ。強く握りしめられた拳が震えていた。

「役目のために死ねば本望だ」

「無理をするな。帰るぜ」

幻八は歩き出した。命をかけて斬り合ったのだ。酒も呑んでいる。疲れて眠気さえ覚えていた。くだらぬお喋《しゃべ》りを、これ以上つづける気にはならなかった。

「送るといったら送る」

五助は強い口調でいって、ついてきた。

幻八は振り向こうともしない。

駒吉の住まいに着くまで、ふたりは一言も口をきかなかった。

表戸に手をかけた幻八が五助を振り返った。

「茶でも呑んでいくか」

「いい。おれにはまだ役目が残っている。それより」

と、ことばをきった。口にしていいかどうか迷っているようだった。

「それより、なんだ」

五助が幻八を見つめた。いつになく真剣な目つきだった。

「『芸妓色暦《げいぎいろごよみ》』を読んだ。染奴《そめやっこ》と浮き名を流した男のひとりは、札差《ふださし》の蔵前屋《くらまえや》ではないのか」

「わかったか。そういう書き方をしたのだ」

「やめとけ」

「なぜだ」

「蔵前屋は旗本、御家人相手に商いをしている男だ。俸禄《ほうろく》をかたに金を借りている大身の旗本も多い。おまえの親父殿も、扶持米《ふちまい》を金に換えるときは蔵前屋の世話になっているのではないか」

「朝比奈《あさひな》家は蔵前屋の世話にはなっていない。心配無用だ」

「しかし、なにかと」

「父上は父上。おれはおれだ。そんなことを気にかけるより、もっと大事なことがあるだろう」

「なんだ」

「辻斬りどもを早く捕まえろ。剣の心得のあるおれだから命を永らえたんだ。でなきゃ、おっ死《ち》んでるぜ」

「いわれなくとも必ず捕まえる」

「楽しみにしてるぜ」

幻八は表戸を開けた。

「じゃあな」

「なにかと気をつけろ」

幻八がなかへ入るのを見届けて五助は踵《きびす》を返した。その気配を幻八は背で感じ取っていた。

（気をつけるのはおまえのほうだ）

胸中でつぶやいた。五助の剣の腕が目録にも達していないことを、幻八は知っていた。今夜襲ってきた辻斬りのひとりを相手にしても勝ち目はあるまい、とも推断していた。

（逃げるが勝ちだぞ、五助）

そうこころで呼びかけていた。

幻八は台所から徳利《とっくり》と湯飲みを持ってきて縁側に腰を下ろした。酒をつぎ、湯飲みを手にした。一口呑んで、空を見あげる。

叢雲《むらくも》が月にかかりはじめていた。その姿が次第に欠けてゆき、やがて、おおわれた。

何か釈然《しゃくぜん》としないものが、澱《おり》となってこころに宿っていた。

辻斬りにあったのは偶然だったのか。そうでないような気がするのだ。が、成り行きからみて、たまたま遭遇したとしかおもえなかった。

奥伝《おくでん》など、形になった免状は持っていなかったが、幻八は剣の達人といっていい業前であった。後をつけられたら、まず気配で察知できた。

五助だとはおもわなかったが、護国寺の門前町の通りから何者かがつけてきていたのには気づいていた。

(尾行しているのはひとり)

と歩きながら判じたものだった。つけてきた理由は五助がいったとおりかもしれない。

神田川沿いの通りを、平右衛門町にさしかかろうとしたときに、辻斬りに出くわしたのだ。酔っていたといっても正体をなくすほどではなかった。何度考え直しても、辻斬りと出くわしたのは、たまたまのこととしかおもえなかった。

が、なにかが引っかかるのだ。その、なにかが何なのか。漠としてとらえどころがなかった。小骨が喉の奥にささっているような厭《いや》な気分だった。

「もしだれかが待ち伏せするよう命じたとすれば……」

湯飲みを口へ運ぶ手を止めた。さらに思案する。命じた奴は、幻八が音羽から蛤町へ向かって歩いていくことを知っていたに違いないのだ。

染奴の事件にかかわっている者たちのことをおもい浮かべた。檜山篤石の、いかにも学者然とした端正な様相を思い浮かべた。直感が違うと告げていた。蔵前屋と湊屋《みなとや》はまだ面識がない。和泉屋《いずみや》の政吉《まさきち》が刺客を差し向けるなどありえないことであった。第一、幻八がどこに住んでいるか知っている者はひとりもいなかった。

たんなる思い過ごしと、幻八が苦い笑いを浮かべたとき、不意に遊び人の金さんの顔が浮かび上がった。抜け目のない、狡《ずる》そうな目つきをしていた。

金さんが飲み食いの最中、

「ちょっと用を足してきやす」

と中座したことをおもいだした。そのときは小用だとばかりおもっていたが、別間に控えていた仲間に耳打ちするぐらいのことはできたはずだった。

深川の蛤町に住んでいることを金さんには話していた。

（まさかあの男が……）

疑えば疑えないこともなかった。蔵前屋あたりが差し向けた男かもしれなかった。

が、幻八はその疑惑をあっさりと打ち消した。

あまりにも馬鹿げていた。このところ動きっぱなしだった。昨夜はほとんど眠っていない。疲れきっていた。

徳利から酒をついだ。湯飲みを手にしたとき、表戸があけられた。

「あら、帰ってたの」

と駒吉の声が聞こえた。入ってくるなり幻八の背後に腰をおろし、肩に手をかけ、しなだれかかってきた。

「どうした」

肩に置かれた手に、おのれの手を重ねた。

「来たんだよ、薄情な奴らが。海潮亭《かいちょうてい》のお座敷に呼ばれて、あまり馴染みでもない客のご機嫌をとって」

「染奴の客筋か」

「蔵前屋さんに湊屋さん」

「蔵前屋に湊屋だと」

幻八が向き直った。

「遊び仲間。それも染奴ちゃんを張り合った仲。こそこそと抜け駆けしながらね」

「そうか。知り合いだったのか」

「読売の話をしてたよ。御家人の文言書きがやってきた。そのうち、とっちめてやらなきゃってね」

「おもしれえ。そういう話が出るようじゃ、奴ら、だいぶこたえてるな。ほかになんかいってたか」

「待ち合わせた客がきたから、読売の話はそこでおしまい」

「客？」

「堀田《ほった》さまと呼んでたわ。大身のお旗本。海潮亭の女将《おかみ》にさりげなく探りを入れたら、なんでも若年寄の地位にあるお偉い方だとか」

「若年寄で堀田……堀田安房守《あわのかみ》か」

「それともうひとり」

「もうひとり？」

「檜山篤石とかいう儒学の先生」

「檜山篤石だと」

「堀田さまと儒学の先生のお父っさんの四千石の旗本が、大の仲良しみたいね。先生は次男坊で、冷や飯食いで終わるところを、儒学を究《きわ》めつくした、その才を惜しんだ堀田さまが、後ろ盾となって引き回しているという話」

幻八は黙り込んだ。頭のなかでさまざまな推量が交錯していた。堀田安房守と蔵前屋のつながりは、たんなる旗本と札差以上のかかわりであることは間違いなかった。湊屋は商いの便宜をはかってもらうことが狙いだろう。檜山篤石が篤塾を開設するさいに金を出したのは蔵前屋、あるいは蔵前屋と湊屋のふたりかもしれない。

檜山篤石は救民講をつくりあげ、運営している人物であった。幻八の耳に金さんのことばがよみがえった。

「救民講は、なにやら怪しげな臭いがしやすぜ」

辻斬りは救民講の講中を狙っているのではないか、ともいっていた。だとすると辻斬りと救民講は一味ということになる。

辻斬りと救民講の檜山篤石。檜山篤石と堀田安房守。堀田安房守と蔵前屋、湊屋。それらが一本の糸でつながるとしたら……。飛躍がすぎるような気がした。が、その糸をたぐってみる価値はある、と即座に断じていた。

さらにすすめようとした思考を、駒吉が断ち切った。

「どうしたのさ、急に黙り込んで」

心配そうにのぞき込んでいる駒吉の顔が間近にあった。

「救民講の噂を聞いたことはないか。何でもいいんだ」

「深川の遊里で働いている者のなかには、講中がけっこういるみたいだよ。男芸者の蝶太郎《ちょうたろう》なんか片っ端から『救民講の講中にならないか』と声をかけていたからね」

「蝶太郎にあって話をききたい。橋渡しをしてくれねえかい」

「明日の夜、お座敷に出たついでにつかまえて、都合をきいとくよ」

「頼む」

「くさくさするんだ。気分直し、つきあっておくれな」

返事も待たずに立ち上がった。ぐい飲みを手にもどってきた駒吉は、寄り添って坐った。ぐい飲みを差し出す。

幻八は徳利に手をのばした。

三

幻八と駒吉は染奴の思い出話を肴に、空が白々と明ける頃まで呑みつづけた。いつの間にか抱き合うようにして眠っていた。朝、目覚めたとき、まだ駒吉は寝息をたてていた。肩にかけられた手をそっとはずし、なるべく音をたてないように静かに離れた。立ち上がった幻八は、衣桁《いこう》にかけてあった黒い羽織を手にとった。駒吉にそっとかけてやる。ほどなくお種が来る。細やかに世話をやいてくれるはずであった。

『芸妓色暦』の売れ行きが気になっていた。幻八は玉泉堂へ出かけることにした。遅い朝飯になるが、仲蔵に馳走になるときめていた。

昼近くに玉泉堂に着いた。仲蔵が満面の笑みで出迎えた。様子からみて上々の売れ行きに違いない。

案の定、

「ちょっと早いが昼飯でも」

と誘った。めったにないことであった。

「寝坊しちまってな。まだ朝飯も喰ってないんだ」

「天麩羅《てんぷら》なんか、どうだい」

「『安倍川屋《あべかわや》』か」

「やめましょう。行くたびに何もかもが小さくなっている。亭主がけちだからでてくるものがしみったれてる。みみっちい気分になっちまう」

「『綱善《つなぜん》』にするか」

「ま、似たようなもんだが『安倍川屋』よりましだ。行きますか」

土間に降り立った仲蔵はさっさと先に立った。軽やかな、上機嫌を躰全体であらわしたような歩きぶりだった。幻八はにやりとして、つづいた。


穴子、芝海老、いか、貝柱、こはだなどの魚類をゆるくといた小麦粉を衣にして揚げたものだけを天麩羅といった。野菜類を油で揚げたものを揚げ物と呼び、天麩羅と区別した。

幻八は天麩羅より揚げ物が好きだった。とくに茄子の揚げ物は上質の胡麻油であげているせいか、からりとした食感と茄子のうま味にまじりあった胡麻の風味が口の中にひろがって、ついつい食べ過ぎてしまう。

「あいかわらず邪道好みですな。天麩羅屋としちゃ、あんまりうれしくない客かもしれねえ」

「好きなものを喰えばいいんだ。邪道も正道もねえ」

最後に残った茄子の揚げ物につまんだ塩を少しふりかけた。頬張《ほおば》る。

「うめえ」

ゆっくりと味わった。

食べ終わるのを待って、仲蔵が身を乗りだした。

「四回刷りましたよ。ほとんど残ってない」

「大儲けだな。天麩羅と揚げ物だけですますつもりか」

じろりと睨めつけた。

「わかってるよ」

仲蔵は自分の胸を軽く叩いて、

「これ、約束の」

懐から紙包みを出した。

幻八は受け取るなり紙包みを開いた。

「二両か」

正直、驚いていた。まじまじと見つめた。

「大奮発だな」

「心意気という奴さ」

胸をそらした。

「いつもこういう具合にすすめばいいんだがな」

「玉泉堂仲蔵は『安倍川屋』とは違うぜ。あいつはただのけちだが、おれは出すべきときにはどんと出す、見極めのつく男だ」

幻八は黙っている。仲蔵はけちだと常々感じていた。まともに話を聞く気にはなれなかった。

「帰ろうか」

腰を浮かせた。

「待っておくんなさい」

「なんだ」

愛想笑いを浮かべた。

「続編はいつ仕上がるんで」

「数日のうちだ」

「まだ裏がとれていない。そういうことですかい」

「そうだ」

幻八は立ち上がった。

「湊屋と蔵前屋が染奴を張り合っていた」

と昨夜、駒吉がいっていた。ふたりが知り合いだとはおもってもいなかった。それだけではない。若年寄堀田安房守と檜山篤石があとから会合に加わった、という。

いままでは銭を脅し取ることだけが目的だった。が、

(たぐれば、おもしろい話にぶちあたるに違いない)

とおもい始めていた。

昨日『芸妓色暦』が売り出された。四度刷ったというからには、今日もどこかで売っているだろう。売る範囲が広がれば広がるほど、あちこちで噂話がかわされることになる。色恋沙汰の不始末は恥さらしとおもわれがちである。蔵前屋と湊屋は世間におおいに恥をさらしまくったことになるのだ。

座敷で話のタネにしていた以上、蔵前屋と湊屋は読売を読んだ、とみるべきであった。読んだら自分たちのことが書かれているとわかる。その印象が強いうちに顔を出すべきだった。

が、幻八のなかに引っかかるものがあった。それが何なのか、確としたものはなかった。

(出方を待つべきだ)

と培《つちか》った勘が告げていた。

住まいを出るときは玉泉堂に顔を出したあと、湊屋から蔵前屋へと足をのばすつもりでいた。

迷っていた。

綱善を出たあと、こころが決まらぬまま、仲蔵と肩をならべて玉泉堂へ足を向けた。それが予想すらしなかったことにつながった。

玉泉堂には珍客が待ち受けていた。

湊屋の番頭名代の磯吉《いそきち》が、人待ち顔で板の間の上がり端に腰をかけていた。

奥の座敷に坐った際物師《きわものし》の弥吉《やきち》が足を揉《も》みながら、ちらちらと磯吉をうかがっている。弥吉がいるということは、持って出た四刷りめの読売が売り切れたということになる。

入っていくなり、仲蔵が胡散《うさん》くさげに磯吉を一瞥し、弥吉に声をかけた。

「ずいぶんと早いご帰還だな」

「売るものがなくなっちまったんで」

「しくじったな。刷り師を帰しちまった。五回刷るまでいくとはおもわなかった。儲け損なった」

心底口惜しそうな顔をした。

すこし遅れて入ってきた幻八を見て、磯吉が立ち上がった。腰をかがめて、いった。

「文言書きの幻八さま」

磯吉を見やって、応えた。

「湊屋の番頭さんか。読売に書かれたことに文句をつけにきたんなら、お門違《かどちが》いだぜ。全部ほんとのことだからな」

湊屋ときいて、仲蔵と弥吉が顔を見合わせた。

「てまえ主人がお話をしたいと申しております。店ではゆっくりできません。待っている場所《ところ》への案内役をつとめさせていただきます」

「店の前に止めてある駕籠《かご》は、おれを乗せるためのものかい」

「左様で」

「駕籠は勘弁してくれ。乗るなり駕籠をぐるぐる巻きに縛り上げられて、出られないようにされたらことだ」

「そのようなこと、決してありませぬ」

　探る目つきでつづけた。

「一緒に行っていただけますか」

「歩いて、な」

「ご案内いたします」

　行きかけた。幻八が制して、問うた。

「待ちな。湊屋さんはどこにいるんだね」

「日暮の里にある寮でございます」

　横から仲蔵が口をはさんだ。

「そいつはいけねえ。蔵前屋の寮だ。湊屋さんだけじゃねえ。蔵前屋さんも待ってるに違《ちげ》えねえ。幻八さん、行くのはやめにしな」

「それは……」

磯吉に狼狽《ろうばい》が走った。

「心配には及ばねえよ。むしろ、ふたり雁首《がんくび》揃えてくれたほうが、二度手間をかけずにすむってもんだ」

「大丈夫かい、ほんとに」

「そんなに心配なら、北の同心の石倉五助旦那に、幻八が日暮の里の蔵前屋の寮へ出かけた。心配だから出張《でば》ってくれないか、とご注進してくれねえか」

「さっそく手配するぜ。弥吉、ひとっ走りしてくれ」

「ようがす。幻八旦那のためだ。一気に北町奉行所へ突っ走りますぜ」

立って、草履《ぞうり》を履《は》いた。

「悪いな」

声をかけた幻八に笑みを返した弥吉は裾《すそ》をからげ、外へ飛び出した。

仲蔵に向き直って、幻八がいった。

「もっとも石倉の旦那、『芸妓色暦』が出た日から、おれをつけまわしていてな。近くに身を潜《ひそ》めているかもしれねえ」

半分は磯吉に聞かせるためのことばだった。事実、石倉五助ではないが尾行はついていた。蛤町の住まいを出たときから、与吉《よきち》が見え隠れについてきている。

気づかないふりをしていただけのことであった。

「わざわざ足を運ぶんだ。豪勢な夕飯ぐらい、ご馳走してくれるんだろうな」

「てまえ主人は端《はな》からそのつもりだとおもいます」

磯吉が精一杯の愛想笑いを浮かべた。

「案内してくれ」

幻八が歩き出した。磯吉が早足で追い抜き、先に立った。

四

蔵前屋の寮は佐竹右京太夫《さたけうきょうたゆう》の屋敷近くにあった。磯吉は腕木門《うできもん》の一画にしつらえられた、片扉の出入り口から入った。

木々に囲まれた広大な敷地内には池がつくられ、それを巡るかたちで趣向をこらした庭園が配されていた。座石のひとつ、植えられた木々の連なり、設けられた東屋《あずまや》など、すべてに贅が尽くされていた。一万石ていどの、大身旗本に毛の生えたような小大名では及びもつかない豪勢さだった。随所に江戸有数の札差蔵前屋辰蔵《たつぞう》の財力と勢威がさりげなく示されていた。

庭を通り抜けるようにして、すすんでいった。

「どこまで行くのだ」

玉泉堂のある阿部川町からここまで、幻八と磯吉はことばをかわしていなかった。幻八は、はじめて声をかけたのだった。

「離れでお待ちでございます」

磯吉は硬い声で応えた。この寮へは何度も来て、勝手を知っているとおもえる歩きぶりだった。

池のそばの広くなったあたりで、十数人の浪人たちが木刀で打ち合っていた。

かたわらを通りすぎながら、磯吉が顔を寄せ、告げた。

「蔵前屋さんの用心棒たちでございますよ。腕が鈍《にぶ》ってはならぬ、と連日鍛錬を怠らぬとは感心なと、てまえ主人がつねづね申しております」

幻八は無言でうなずき、そのまま行きすぎようとした。

「待たれい」

背後からの声に足を止めた。振り向くと大刀を抜きはなち、片肌を脱いだ中背の筋骨逞《きんこつたくま》しい浪人が立っていた。ふたつ並んだ、ほぼ同じ高さの庭石を台代わりに俵が置いてある。

「柳剛流《りゅうごうりゅう》 黒岩典膳《くろいわてんぜん》、砂を詰めた俵の据物斬《すえものぎ》りをやる。文言書《もんごんが》き、後学のために見ていかぬか」

鋭く見据えた眼に、あからさまな敵意があった。見つめ返して、応えた。

「見せて、いただこう」

用心棒たちがおのれの剣の腕前をみせつけようとしているのは、あきらかだった。狙いははっきりしていた。幻八を威圧し、恐怖心を植え付けようというのだ。命じたのは蔵前屋に相違なかった。

黒岩典膳は俵の前に立ち、剣を大上段に振りかざした。

幻八は凝然《ぎょうぜん》と見つめた。

裂帛《れっぱく》の気合いを発して、刀を振り下ろした。俵はみごとに両断されていた。

「お見事」

声をかけ、行きかけた幻八に再び声がかかった。

「どうだ。おぬしも俵の据物斬りをやってみぬか。腰の大小、伊達ではあるまい」

侮辱《ぶべつ》を露《あら》わに薄ら笑った。

皮肉な笑みを片頬に浮かべ、応じた。

「おもしれえ。俵を用意してもらおう」

黒岩典膳が眼を細めた。

「恥をかくことになるぞ」

「おれは読売の文言書きだ。文字も、恥も、かくことには慣れている」

黒岩典膳が用心棒たちを振り向いて、告げた。

「俵を用意しろ」


幻八は右手にだらりと大刀を下げて俵の前に立った。左足を前に開き、横向きとなった。左手を前につきだし、刀を持つ手を後ろに引き、八双に構えた。弓を引く形にい似ていた。

腰を鋭く左斜め下に振る。前倒しとなった。躰に少し遅れて白刃《はくじん》が振り下ろされる。閃光が走った。叢雲の隙間から、わずかに発した月の煌《きら》めきにみえた。

一瞬後には、幻八は、もとの弓を引くかたちにもどっていた。

俵はふたつに割られて、地面に落ちた。

「鹿島神陰流《かしましんいんりゅう》につたわる秘剣『弓張月《ゆみはりづき》』。俵を斬るには片手で十分」

幻八が不敵な笑みを浮かべた。

黒岩典膳が、低く告げた。

「いつか真剣で勝負をつけたいものだな」

「遠慮しとこう。ご存じのとおり、おれは文言書きだ。剣客《けんかく》ではない」

刀を鞘《さや》におさめ、磯吉にいった。

「とんだ道草をくった。早く案内してくれ」

磯吉が青い顔でうなずいた。


離れの、庭に面した腰付き障子は開け放たれていた。上座に幻八が坐っている。向かい合って蔵前屋辰蔵と湊屋治兵衛《じへえ》が坐していた。それぞれの前に肴数皿と杯、銚子《ちょうし》を乗せた足高膳が置かれてあった。

「挨拶がわりに」

と酒を注《そそ》ごうとした蔵前屋に幻八は、

「堅苦しいことはやめにして、手酌でやらせてくれ」

と告げ、銚子に手をのばした。

それぞれが手酌で呑みはじめて、小半刻（三十分）になる。蔵前屋も湊屋もさしさわりのない世間話をするだけで、読売のことには一言も触れてこない。探り合いがつづいていた。

幻八は単刀直入にいく、と腹を決めた。杯を置き、蔵前屋と湊屋に目を向けた。

「読売、目ぇ通してくれたかい。お二方《ふたかた》の、染奴との色模様をこと細かく書いたやつさ」

懐から読売をとりだして、つづけた。

「まだ読んでないんなら、おれの手持ちのものを読んでくんな」

手渡そうとした。

蔵前屋が応えた。

「十分に読ませていただきました。とくに湊屋さんらしい商人が、染奴をものにするくだりなどは興味津々、二度ほど読み返しましたものですよ。恐れ入りました」

隣りに坐る湊屋の膝《ひざ》を軽く平手で打った。湊屋がわずかに狼狽した。

「蔵前屋さん、あれは違う。おもしろおかしく書かれただけだ、と何度もいったじゃありませんか」

「いえいえ、昔から抜け駆けはお得意でしたよ。しょせん金で遊ぶ女、隠し立てなど無用のこと。それより床での女の嬌態《きょうたい》など、微に入り細に入り語り合ったほうが、なにかと刺激があって興が増すもの」

渋い顔で黙り込んだ湊屋から視線をうつし、ことばを重ねた。

「そうではありませぬか、朝比奈さま」

「人それぞれ。あんまり興味のあることでもないな」

幻八は庭に目をやった。手前に植えられた松の大木の向こうに、太鼓形の石橋が見えた。その先、小高くなったところに唐物風の東屋が建てられていた。

「いい庭だな。こころが落ち着く」

蔵前屋が薄く笑った。

「商いで疲れ果てたときなど、この庭をぼんやり眺めているだけで、こころが休まります。銭勘定に明け暮れる日々、毎日が戦争でございますよ」

「武士の魂は刀。商人の魂は銭、とでもいいたいのか」

「左様で」

「いっとくが、おれは偏屈者でな。銭もほしいし、意地も張る。どっちつかずの半端者なのさ」

「半端者、でございますか」

「そうだ」

「湊屋さんの番頭の磯吉がいっておりました。うちの用心棒と俵の据物斬りを競われたそうで」

「ほんの戯《ざ》れ事《ごと》さ」

「片手で俵を両断されたときいております。半端な修行で会得できるものともおもえませぬが」

「くだらぬことさ。泰平の世では、剣の腕など何の役にもたたぬ。用心棒か辻斬りでもやらぬかぎり金は稼げぬよ」

蔵前屋が黙った。湊屋に目配せする。湊屋が意味ありげにうなずくのを幻八は目の端でとらえていた。

蔵前屋が、いった。

「どうです。わたしらの仲間になりませぬか」

「仲間？」

「これは当座の小遣いがわりで」

蔵前屋が懐から紫の袱紗《ふくさ》包みをとりだした。幻八の前に置き、開いた。なかみは封印付きの小判一山であった。

「二十五両か。気前がいいな」

「なくなったらおっしゃってください。いつでも二十五両、御用立ていたします」

「見返りはなんだ。染奴との艶話《つやばなし》、書くのをやめろといわれても無理な話だぜ」

「そのこと、ご自由にお書きください」

意外な返答だった。幻八は蔵前屋から湊屋へと視線を流した。ふたりに変わった様子はなかった。

「遠慮なく書かせてもらうぜ」

「かまいませぬ。どうぞ存分にお書きください。せいぜい数回、読売が出れば終わること。それほど世間が興味をもちつづける話とはおもえませぬ。人の噂も七十五日と申しますでな」

「仲間にして、何をやらせようというのだ」

「わたしらが仕掛ける商いを、読売に書いて前評判を高めてほしいんで。多くの人の口《くち》の端《は》にのぼればのぼるほど、商う品が売れやすくなる道理でございます」

「それだけで、いいのか」

「あとは魚心《うおごころ》あれば水心《みずごころ》」

「魚心あれば水心か。銭もほしいし」

じっと小判を見つめた。

「何かとお役に立つお方、銭は惜しみませぬ。仲間になってくださいな」

幻八は、うむ、と首をひねった。

「ほしいが、今はやめとこう」

「それは」

「いや。今は意地を張りたい気分でな。ただそれだけのことさ」

「それでは、いずれ」

「そうさな。とりあえず今日は自由に書いていい、という蔵前屋さんと湊屋さんの言質だけもらって帰るぜ」

右に置いた大刀に手をのばした。

「色好い返事をお待ちしております」

蔵前屋が、軽く頭を下げた。湊屋は満面を朱に染めて睨みつけている。

立ち上がった幻八は不敵な笑みを浮かべた。

「馳走になったたな」

いうなり、座敷を後にした。

五

「『芸妓色暦』の続編だよ。色と欲の二筋道。美妓染奴をめぐる大店の旦那衆の抜け駆けのありよう、いかばかりか。すべてがこの読売に書いてある。人のこころに住むは鬼か蛇か。色餓鬼の本性剝き出して、死に物狂いの戦いが……」

際物師の弥吉が、あるときは声を張り上げ、あるときは聞き取れぬほどの声音で惹句《じやつく》を並べたてている。野次馬たちが群れているところをみると、今度も売れ行きは上々のようだった。

玉泉堂へ向かう道すがら、幻八は弥吉が読売を売りさばくところに出くわしたのだった。

玉泉堂の店先で、風呂敷包みを担いで飛び出してきた、使い走りの礼太《れいた》とぶつかりそうになった。

「気をつけな。唐変木《とうへんぼく》」

あわててよけた、二十歳前の生意気盛りの礼太が、振り向こうともせず吠えたてた。

「馬鹿野郎。眼ぇ見開いて見ろ。誰にものをいってるんでえ」

幻八が凄みのきいた声で言い返した。

「幻八の旦那。人が悪いや。端から名のってくれりゃいいのに」

首をすくめて頭をかいた。

「読売を際物師たちへ届けにゆくのか」

「三度目の刷りなんで。昼前から走りっぱなしで、くたくたでさあ」

溜め息をついた。

「売れるのはいいことだ。せいぜい走り回ってがんばるこった」

玉泉堂に入ろうとした幻八に礼太が声をかけた。

「なかに旦那を待ってる人がいますぜ」

「だれだ」

「遊び人の金さん、と名乗ってますが、胡散《うさん》臭い野郎ですぜ。知り人ですかい」

「いっぺん呑んだことがある」

「気ぃつけたほうがいいですぜ。質《たち》が悪そうだ」

「余計な口をきいてねえで、早く読売を運ばねえか。売れるものも売れなくなっちまうぜ」

ぽんと背中を押した。

「いけねえ」

あわてて駆けだしていった。

蔵前屋や湊屋と出会って、すでに三日が過ぎさっている。その間、拍子抜けするくらい何の音沙汰もなかった。

『芸妓色暦』の続編を書くことはつたえてある。

「ご自由にお書きください」

と蔵前屋もいった以上、何の文句もいってこないだろう、との確信はあった。

幻八は、日暮の里の蔵前屋の寮での一部始終を何度も思い浮かべた。どう見ても、蔵前屋が湊屋を小物扱いしているとしか見えなかった。

無言の圧力を感じる湊屋の精一杯の抵抗が、抜け駆けとなってあらわれているのだ。幻八はそう推断していた。蔵前屋たちを追いつめるような事態になったら、湊屋を執拗に攻め立てることで、蔵前屋が動き出すとも判じていた。

幻八は玉泉堂に足を踏み入れた。煙管《キセル》をくわえ、煙草をくゆらせている金さんが、板の間の上がり端に腰をかけていた。

幻八に気づいて立ち上がり、軽く腰をかがめていった。

「旦那。この三日で四人も辻斬りに殺《や》られやしたぜ」

「そうらしいな。辻斬りが派手に動き始めたってことか」

金さんが近寄ってきて顔を寄せた。

「さすが文言書き。ねえ、旦那。書いてくださいよ」

「何を書けというんだ」

「音羽の料理茶屋でお願いしたじゃないですか。『辻斬りが狙う救民講講中』って題目の読売のことですよ」

「与太話は書けねえよ。れっきとした証が集まったのかい」

「それはもちろん。それに」

意味ありげに声をひそめた。

「旦那だって辻斬りに襲われたんでしょう。あっしと別れた帰り道に」

幻八は鋭く見据えた。

「どうして知ってるんだ」

「そんな怖い顔しないでくださいよ」

一歩下がって、いった。

「お近づき願っている北の旦那がいやしてね。そのお方からお聞きしたんでさ」

「北の旦那だと。何という名だ」

「あっしを試してやすね。同心の石倉五助さまでさ」

　幻八が一歩迫って、睨みつけた。

「五助がてめえみたいな遊び人に、探索の結果を流すはずがねえ。あいつは何につけても融通のきかねえ、お役目大事の石部金吉《いしべきんきち》だ。正直の上に馬鹿がつくほどの野郎だぜ」

「それは、ちょっと言い過ぎってもんで。あれでなかなか人のいい、朴訥《ぼくとつ》を絵に描いたようなお方ですぜ」

「過ぎたるはなお及ばざるがごとし、というぜ。幼なじみのおれだ。あの馬鹿さ加減は身に染みてわかってらあ」

「北に石倉の旦那を訪ねて、遊び人の金さんから話を聞いてきたと、つたえてくださりゃ、証を出してくださいます。今日は北町奉行所にいらっしゃるはずで」

　石倉五助は隠密廻りの同心である。外回りが主な任務であった。それが奉行所にいるとは、何か調べ事があってのことかもしれない。金さんは、なぜここまでいい切れるのか、幻八の疑心は大きく膨らんだ。

「住まいは湯島天神近くの留蔵店だったな」

「左様で」

「近いうちに遊びにいく」

「深更過ぎにはおりやす。もっとも外で遊び呆《ほう》けているときもありますが」

「何度か出向きゃあ行きあうだろう。とりあえず五助を訪ねてみる。遊び人の金さんから聞いてきたと、いやあいいんだな」

「へい。得心がいきゃ書いてくださるんで」

「約束する。もっとも、おれなりに探索をしてからの話だが」

「お願いしやす。あっしゃ、これで」

会釈《えしやく》して行きかけた金さんに幻八の声がかかった。

「待て。忘れ物だ」

「忘れ物？」

振り返ったそのとき、幻八の腰の一刀が鞘走った。

「危ねえ」

横っ飛びし、土間に転がって逃れた。

「おもった以上の業前だな。根っからの遊び人ではあるめえ。もとは二本差しか」

「遊び人でさ。何度か修羅場には出くわしておりますがね」

土埃を払いながら応えた。

「そのうち正体を暴いてやる。それまで騙されてやらぁな」

大刀を鞘におさめた。

「お手柔らかにお願いしやす。いずれまた」

金さんが軽く会釈して、踵を返した。

見送る幻八に仲蔵が声をかけた。

「どこの遊び人ですかね。得体の知れない野郎だ」

振り向いて、いった。

「読売、売れているようだな」

「おかげで」

揉み手をした。

顔を突き出して、つづけた。

「で、次の『芸妓色暦』はいつ書いていただけるんで」

「心付け次第だ」

「これだ。昼飯は」

「朝がおそかったんでな。腹が空いてねえ。それより辻斬りの噂を集めてくれねえか」

「なにか、おもしろい話があるのかい」

「まあな」

「ようがす。すぐに動きやしょう」

「頼む。おれは行くところができた。明日にでも顔を出す」

「辻斬りのこと、まかせといてくんな」

仲蔵が鋭く眼を光らせた。


幻八は北町奉行所の控番所にいた。門番に、

「同心の石倉五助殿に御意《ぎょい》得たい。身共は御家人朝比奈幻八と申す。遊び人の金さんの件とつたえてくだされ」

と告げた。門脇の控番所に案内され、

「暫時お待ちくだされ」

といわれてから小半刻（三十分）近くになる。板の間の上がり端に腰をかけていたが待ちかねて立ち上がったとき、引き戸が開いて五助が入ってきた。息を弾

ませているところをみると、走ってきたらしい。顔には汗が噴き出していた。

「待たせてすまん。調べ物が多くてな。簡単に終わりそうにない。暮六つまでに蛤町へ行く」

「飯時だぜ。夕飯はどうする」

「どこかの料理屋で適当にみつくろってくる。もちろん、おれのおごりだ」

「いいのか」

「なにが」

「貧乏同心の懐具合を心配してやってるのだ。心遣いをありがたくおもえ」

「心配無用だ。此度はなんとかなる」

笑みを含んだあかるい顔で胸を叩いた。久しぶりに見る五助の屈託のない笑顔だった。その顔に幼い頃の笑顔が重なった。たまに小遣いをもらうと、幻八のところにやってきて団子を買いに行こうという。もちろん買った団子はふたりでわけあって食べるのだ。幻八も、たまに小遣いをもらうとそうした。屋敷の近くの本所界隈《かいわい》では、親や近所の御家人たちの目がある。深川へ足をのばし、霊巌寺《れいがんじ》門前の団子屋で求めたものだった。

幻八の面には自然と笑みが浮いていた。

「そうか。まかせた。そのうち、おれも飯をおごってやる」

五助がはにかんだような微笑《ほほえ》みを返した。


五助は、ほどなく暮六つ（午後六時）という頃合いにやってきた。ひとりだった。折箱をふたつ下げている。どこぞの店でつくらせた夕飯に違いなかった。

迎えた幻八が、

「駒吉は座敷へ出ている。お種が茶をわかしてくれたが、冷えてるかもしれねえ。飯を食いながら一杯やるか」

というのへ、

「お務めの最中だ。酒はやめとこう」

と妙に堅苦しい口調で応え、折箱のひとつを手渡した。残ったひとつを大事そうに小脇に抱えて座敷にあがった。

茶を湯飲みに入れ、幻八は折箱を開いた。

「豪勢だな。鰻《うなぎ》の蒲焼《かばや》きか」

「ここは深川だ。一緒に飯を食うなどめったにないこと。土地の名物を食するのが当たり前だろう。それに、まだ暑い。精をつけねば躰がもたん」

向かい合った五助は得意げに胸を張った。

ふたりは黙々と食べた。

食べ終え、折箱を脇に片付けた。金さんから、

「北の同心の石倉五助さまが手配してくださる」

と聞いたときから幻八に湧いた疑念があった。江戸北町奉行は遠山左衛門尉景《とおやまさえもんのじょうかげ》元《もと》である。遠山金四郎《きんしろう》とも呼ばれている。五助の性格からみて、遊び人と近づきになるとはおもえなかった。北町奉行所へ向かう道すがら思案しつづけた。奉行所の控番所で待っていたときに、それは閃《ひらめ》いた。あり得ないことのようにおもえた。が、何度繰り返し考えても、その結論に到達してしまう。

（遊び人の金さんとは、江戸北町奉行遠山金四郎の仮の姿ではないのか）

という推測だった。遠山左衛門尉景元は若かりし頃、市井《しせい》に身を置いて無頼《ぶらい》の徒と深い交わりを持ち、彫物を入れたとつたえ聞いている。

金さんがまくりあげた袖の下からのぞいた、桜の彫物が脳裏に浮かんだ瞬間、遊び人の金さんと遠山金四郎が同一人物だとの推測は、推断にかわった。何の証もない。読売の探索で培った獣じみた嗅覚がそう告げていた。

「五助、本題に入る前に聞いておきたいことがある」

「なんだ、凄みのある目つきをして。おれには通用せんぞ」

目線をそらしながら応えた。見据えながら、幻八が告げた。

「遊び人の金さんとは、北町奉行遠山左衛門尉景元の仮の姿ではないのか」

五助が息を呑んだ。

間髪《かんはつ》を容《い》れず、叫んでいた。

「違う。馬鹿なことをいうな。御奉行に失礼だぞ」

悲鳴に似た甲高《かんだか》い声だった。

「金さんは、ただの遊び人だ。放蕩《ほうとう》無頼にあけくれる、いわばこの世のあぶれ者だ。つまらぬことを考えるな」

それから五助は、遠山左衛門尉景元と金さんがいかに違うかを滔々《とうとう》と話しつづけた。いつになく饒舌《じょうぜつ》だった。

昔から、そうだった。五助は嘘をつくときは、きまって饒舌になった。

とどまることなく喋りつづける五助をじっと見つめながら、幻八は、

(遊び人の金さんは、遠山左衛門尉景元その人に相違ない)

との確信を得ていた。

(おもしろい)

とも感じていた。

幻八は金さんの片棒を担ぐ気になっていた。

「五助、辻斬りが救民講の講中を狙っているという証を、見せてくれねえかい。ものによっちゃあ、書いてもいいとおもってるんだ」

「そうか。読売にしてもらえりゃ、何かとやりやすくなる。見てくれ」

五助は懐から二つ折りした書き付けの束を取りだした。

第四章　不忍《しのばず》ノ宴《うたげ》

一

石倉五助《いしくらごすけ》が持ってきたものは、辻斬りに殺された、救民講《きゅうみんこう》の講中が所持していた講中札の写しであった。写しには、それぞれの身元についての調べ書を書き写したものが添えられていた。十六人分ある。幻八《げんぱち》が北町奉行所をたずねたときは、

「調べ書をあたり始めたばかりでな。すぐすむとおもったが、大変な量で作業を終える頃合いが読めなかった」

五助は言い訳がましくそういった。幻八はその口調から隠し事の臭いを感じとった。

「講中札を持っていたのは何人だ?」

「三十と……」

思い出す顔つきになって指を折って数えた。

「四人。たしか、そうだった」

「なぜ、講中札を持っていて辻斬りに殺《や》られた者みんなの写しを、持ってこなかったのだ」

「それは」

幻八はしげしげと五助の顔を見つめた。

「だれかに相談したんじゃねえのか。持ち主が武士だから、この講中札ははずそうとか」

「それはない。みんなおれが選んだんだ」

むきになって、いった。

幻八は揶揄《やゆ》する目つきで薄ら笑った。

「遊び人の金《きん》さんが、表沙汰にしていい奴とまずい奴を決めたんじゃねえのか」

五助は黙りこんだ。

幻八は前に置かれた講中札の写しを手に取り、一枚一枚めくっていった。

「これは……」

見入った。

講中札の札番は三番。名は、

『深川櫓下《やぐらした》　蝶太郎《ちょうたろう》』

と記されていた。

『蝶太郎……』

その名に聞き覚えがあった。

添えられた調べ書の写しをとりあげた。

『深川櫓下　蝶太郎こと長助《ちょうすけ》　住まい　大和町亀入店《やまとちょうかめいりだな》　娘お君《きみ》とふたり暮らし。男芸者を生業《なりわい》とし……』

生業が男芸者。名は蝶太郎、とつながったところで駒吉のことばが甦った。

「男芸者の蝶太郎なんか片《かた》っ端《ぱし》から『救民講の講中にならないか』と声をかけていたからね」

幻八は五助を鋭く見据えた。

「この蝶太郎って男芸者、いつ殺されたんだ」

「四日前だ」

うむ、と唸《うな》った幻八をのぞき込み、

「どうした。知り人か」

「駒吉《こまきち》の、な」

幻八は腕を組んだ。駒吉に蝶太郎と会わせてくれ、と頼んだときにはすでに遅かったということになる。話を聞きたかった、とのおもいが強い。

黙り込んだ幻八に焦れたのか、五助が口を開いた。

「講中札の札番が三番だった。蝶太郎は救民講が組織されてすぐに講中になったんだ」

独《ひと》り言《ごと》のような口調だった。

「一番、二番の札を持った者はまだ辻斬りに殺されちゃいないようだな」

幻八が問うた。

「蝶太郎がいまのところ最も寡少な札番だ」

「調べ書はもちろん講中札の写しもいらん。斬られた講中みんなの札番だけでも教えろ」

「教えないと読売《よみうり》には書かないというのか」

幻八は無言でうなずいた。

「わかった。調べてくる。このこと、おれの一存でやることだ。他言無用だぞ」

「おれは口が堅い。心配するな」

「そうともおもえぬが、幼なじみのよしみ、信用しよう」

「いっとくが、おれには隠し事はないぜ」

五助の顔色が変わった。向きになっていった。

「おれにも、隠し事などない」

「そうかい。とりあえず、そういうことにしとこう」

幻八の眼の奥に皮肉なものがあった。

「幻八、おまえ」

腰を浮かし、恨めしげに睨《ね》めつけた。

そのとき……。

表戸が開けられ、弾んだ駒吉の声がした。

「おまえさん、帰ってたの。あら、草履《ぞうり》が……」

「北の石倉だ。野暮用で邪魔をしている。もう少しで用が終わる。それまで座をはずしてくれねえかい」

五助のことばにかぶせて、幻八が大声でいった。

「用は終わった。遠慮はいらねえ」

美形だった。野辺《のべ》に咲く草花をおもわせる可憐さも持ち合わせている。深川小町と噂される町娘だった。名をお君。男芸者の蝶太郎の娘だという。

幻八は、向かい合って坐る駒吉からお君に視線を流した。

「弔いの翌夜、盗《ぬす》っ人《と》に家を荒らされたというのかい」

「その日は『なにかと寂しかろう。泊まりにおいで』と入谷《いりや》の雁助《がんすけ》長屋に住む叔父さんのとこへ泊まりにいってたんで、盗っ人と出くわさずにすみました」

お君が応えた。駒吉が横から口をはさんだ。

「長屋を訪ねてみたら表戸に閂《かんぬき》をかけて、閉めきってるじゃないか。戸を叩いて声をかけたら出てきてね。話をきいたら、ほっとくわけにはいかなくなってさ。連れてきたんだよ」

「蝶太郎さんが救民講から多額の分配金を受けとっていたのは、たしかなことだ。懐具合は豊かだったに違いない。親が残した金にくわえて、お君さんはとびっきりの器量よしだ。口さがない世間のこと、黄金小町《こがねこまち》などとの噂でもたったら、悪い了簡《りょうけん》をおこす野郎どもが後をたたないだろうぜ」

「だからさあ」

「用心棒になってくれ、といわれてもお断りだぜ。おれは忙しいんだ」

「そんなことといわないでさ。頼むよ」

幻八の傍《かたわ》らに坐る五助が一膝《ひざ》すすめた。

「駒吉。幻八はおれの頼みで手が離せないのだ。無理はいわんでくれ」

「石倉の旦那の頼みじゃ、ないがしろにはできないしね」

駒吉が首を傾《かし》げた。

「外出のときは仕方ないが、家にいるときは、用心棒がわりをつとめさせてもらうぜ。なんせ一緒にいるんだ。怪しげな奴らが襲ってきたら、戦わないわけにはいかないからな」

幻八のことばに駒吉が目を細めて、甘えた声をだした。

「おまえさん、やっぱりわたしのおまえさんだね」

石倉が苦虫《にがむし》を嚙《か》みつぶした顔をつくった。

「客がいるんだ。ほどほどにしてもらいてえな。おれは、帰るぜ」

脇に置いた大刀に手をのばした。

「五助、いいのか」

「なんだ」

浮かしかけた腰をおろした。

「蝶太郎さんの弔いの翌日、盗っ人が入って家を荒らされた。蝶太郎さんは辻斬りに殺されてるんだぜ」

「辻斬りと盗っ人につながりがあるというのか」

「そこんとこを疑ってかかるのが、町方同心の心得ってものだろうが」

五助が低く唸った。

幻八のなかに、ふと湧いたことがあった。お君を見やった。

「蝶太郎さんは筆まめな質だったかい」

「ええ。ご贔屓さんへの時節の挨拶、掛け売りの帳面など暇さえあれば筆をとって、何か書き物をしていました」

五助が身を乗りだした。

「蝶太郎は熱心な救民講の講中だったな。それにかかわる書き付けをなにか残していなかったか」

お君は小首をかしげた。やがて、おもいあたることでもあったのか、はっと息を呑んだ。大きく目を見開いて五助を見つめた。

「子がどこの誰々、孫はどこの誰々、曾孫《ひまご》はどこの誰と、自分が勧誘した子と呼ばれる講中を中心に、名と住まいを記した書き付け百枚ほどを束にし、大事そうに簞笥《たんす》の奥にしまっておりましたが」

「月に一度は、その書き付けの束をもって、雑司ヶ谷の救民講へ出かけていってたんだな」

幻八の問いかけにお君が応じた。

「そうです。もし受け取る額に間違いでもあっちゃ大損になる。一所懸命誘って講中を増やしたんだ。分配金はきっちりもらわなきゃいけないと、いつもいってました」

「その書き付けの束は家にあるのか」

五助が口をはさんだ。

「そういえば、どこにも」

「なかったのか」

「簞笥のなかに入れたものや、押入に入ってたものなど、家中に散乱していましたが、救民講の講中の書き付けの束はみあたりませんでした」

「ほかに盗《と》られたものは」

「神棚の奥に隠してあった蓄えが。十両近くありましたか」

「盗られたのか」

お君は無言でうなずいた。横から幻八がいった。

「救民講の講中としての分配金が、かなりな額になってたはずだが、その金はどうしたんだ」

「奥の座敷の畳の下に隠していた瓶に入れてましたが、それも」

「盗られたのか。床下なんざ誰でもおもいつく隠し場所だ。すぐに見つかる。いくらぐらいあったのか」

幻八が腕を組んだ。

「明日だ。明日にでも蝶太郎の家を家捜ししよう。何か手がかりが残ってるかもしれない」

五助が、ぼそっとつぶやいた。

幻八が聞きとがめた。

「馬鹿いってるんじゃねえ。用意周到に動いてる奴らだ。手がかりのひとつも残しちゃいねえよ。それより」

「それより、なんだ」

「余計な動きをしないでもらいてえな。町方が蝶太郎さんの住まいを家捜ししたり、へたに張り込んだりしたら、敵の警戒心を強めることになる。お君さんの身を危うくすることになるぜ」

「それは、そうだが」

「今夜のところは引き上げてくれ。明日の昼八つには玉泉堂《ぎょくせんどう》にいる。それまでにさっき約束したこと、書面にまとめて届けてくれ。それ次第で、おれは読売の文言書きにかかる」

「わかった。昼八つだな」

五助は再び大刀に手をのばした。


「そうか。幻八め、遊び人の金さんの正体に気づいたと申すか」

「おそらく」

神妙《しんみょう》な面持《おもも》ちで応じた石倉五助が、下座に控えているところをみると、上座に坐した武士は、江戸北町奉行遠山左衛門尉景元に違いなかった。

北町奉行所の奥の間で、ふたりは向かい合っている。

「昼八つには玉泉堂に行く、と幻八に約束いたしました。それゆえ非礼とはおもいつつも、朝一番に御奉行に面談をお願いいたした次第」

「かまわぬ。いまは救民講の実体を暴《あば》き、辻斬りとのかかわりを探り当てるが第一のこと。悪党どもをあぶり出すには、ぜひとも読売に書き立ててもらわねばならぬ」

「どんな手を使っても必ず書かせてみせまする」

五助が眦《まなじり》を決した。遠山金四郎はさりげなく視線をそらし、

「自分がその気にならぬかぎり動かぬ男だ。せっつかれればと。臍《へそ》を曲げるだけのこと。餌《えさ》を投げて、ただ待つ。それしか、われらにはできぬ」

脇息《きょうそく》に肘《ひじ》を乗せた。

中肉中背に細面《ほそおもて》。細いが黒目のしめる割合の多い鋭い眼が、さして特徴のない目立たない顔つきに抜け目ない印象をあたえている。姿形こそ遊び人から、裃《かみしも》姿に衣服をととのえた町奉行とかわってはいるが、その顔は金さん以外の何ものでもなかった。

「全部教えてやれ」

五助が顔をしかめた。

「約定《やくじょう》どおり札番だけでよろしいのでは」

「探索の手助けとなることだ。辻斬りに斬られた講中にかかわること、札番、稼業など洗いざらい、すべて教えるのだ」

「しかし、探索にて得た事柄を、そうやすやすと外に出していいものかと」

「世の中、決まりどおりにすすめる必要もなかろう。何事も臨機応変。四角四面な考えに縛られたら、できることも果たせぬものだ。ある意味では聞《き》き耳《みみ》幻八、われらの探索を手助けする者ともいえる。そうではないか」

「それは、たしかに」

ことばとは裏腹に五助は首をひねった。

「早う仕事にかかれ。八つに間に合わぬぞ」

「はっ、直ちに」

五助は闘志を漲《みなぎ》らせ、大きく顎《あご》を引いた。

二

「札番だけという話だったのに、どういう風の吹き回しかな」

手にした十数枚の書き付けをめくって、幻八がいった。

「このほうが何かと都合がよかろうとおもってな」

向かい合って坐った五助が湯飲みを手にとり、茶を一気に飲み干した。玉泉堂にやって来たとき、顔から汗が噴き出ていた。

「手配りに時を費やして、北の奉行所を出るのが遅れた。昼八つに間に合わぬかもしれぬとおもうてな。早足、駆け足と急ぎに急いだ」

懐から手拭《てぬぐ》いを取りだし、汗を拭いた。

読み終えて、幻八が顔を上げた。

「これで材料は十分だ」

奥の座敷の帳場で帳面をつけている仲蔵《なかぞう》を振り向いて、いった。

「いいタネが手に入った」

筆を持つ手が止まった。顔を上げて、問いかけた。

「売れる題目かい」

「辻斬りものだ。『辻斬りが狙う救民講講中』って外題《げだい》さ」

ふむ、とうなずき、眼を細めた。頭のなかで算盤《そろばん》をはじいているときによくやる顔つきだった。

「いけるかもしれねえ」

誰に聞かせるともなくつぶやいた。

「これなら、いますぐでも書けるぜ」

絶妙の間で、幻八が声をかけた。

「やりやしょう。ただし『芸妓色暦』のつづきは必ず書くという条件つきでね」

「文言書《もんごんが》きはおれの商売だ。書け、といわれりゃ何でも書くさ」

五助に顔を向けた。

「聞いてのとおりだ。すぐ文言書きにかかる。帰っていいぜ。いても邪魔くせえだけだ」

五助が口を尖《とが》らせた。封じるようにつづけた。

「遊び人の金さんにそっくりのお人につたえてくんな。明後日にはお望みどおりの読売が出るとな、頼むぜ」

からかうような笑みを浮かべた。

その夜も辻斬りが出た。山谷堀《さんやぼり》沿いの日本堤で、吉原帰りのお店者《たなもの》が、神田明神下の裏通りで大工が、牛込水道町《うしごめすいどうちょう》は石切橋《いしきりばし》近く、江戸川べりの武家屋敷の建ちならぶあたりで三百石取りの旗本が斬られた。従者の中間もろとも殺され、かなり激しく斬り合ったらしく、顔や躰《からだ》に無数の切り傷があった。

幻八は玉泉堂の奥の間にこもって、文言書きの用意に入った。

五助から受け取った調べ書や講中札にかかわる書き付けを読みこむ。何をどう書くかがまとまったときには、すでに暮六つ（午後六時）をまわっていた。仲蔵とつれだって近くの蕎麦《そば》屋へ出かけた。小半刻（三十分）ほどして玉泉堂へもどった幻八は机に向かった。暁七つ（午前四時）まで一気に書きすすみ、終えた。そのまま直しにそなえて泊まり込んだ。

一枚の版木に書き込める文言の量は限りがあった。彫師はできうるかぎり多くの文言を彫り込もうとするのだが、どうにもならないこともあった。そんなときは、文言書きが文言を短く直すことになる。

さいわいなことに直しはなかった。昼近くまで眠った幻八は、刷り師たちの作業をぼんやりと眺めていた。

読売が出たあと、救民講の一味がどのような手立てをめぐらしてくるか、皆目見当がつかなかった。

（書くのが少し早すぎたかもしれない）

忸怩《じくじ》たるおもいにかられていた。

よく考えてみると救民講にかかわる一味のことは何ひとつ、つかめていなかった。読売が書けたのは、すべて金さんと五助がもたらした材料のおかげといっても過言ではない。いつもの幻八なら、つかんだ噂の裏をとるため、納得《くわだ》がいくまで探索を積み重ねる。読売に書くときには、相手がいかなる反撃を企《くわだ》ててきても十分はねかえせるだけの用意はととのえていた。

が、今回は違った。材料をもたらした相手が、最終的には江戸北町奉行所同心であり、幼なじみでもある石倉五助だったということが、幻八にいつにない油断を生じさせた。

思案すればするほど、救民講について調べが足りないことを思い知らされる。手早く探索するよい手立てはないか考え抜いた。焦燥《しょうそう》だけが増していった。町人が相手ではなかった。剣の心得のある武士や辻斬りを敵にまわしているのだ。いつ襲撃されてもおかしくなかった。

(出たとこ勝負しかあるまい)

幻八は臍《ほぞ》を固めた。

昼八つ(午後二時)すぎに玉泉堂を出た。そのまま蛤町へもどる気にはならなかった。足は、浅草は金龍山浅草寺へ向いていた。相変わらず参詣客で賑わっている。小半刻（三十分）ほど境内《けいだい》をぶらついた。

参詣客の何人かは救民講の講中かもしれない。幻八の思考は、しらずしらずのうちに救民講と辻斬りのことに向かっていた。『芸妓色暦』のつづきも仲蔵からせっつかれている。が、いまの幻八にとって、染奴の色模様など、どうでもいいことのようにおもわれた。

なぜこれほどまでにこころに深く食い入ってくるのか。幻八はその因《もと》を探った。

悪の根が深い。

その悪は、人の生き血をすすりつづけ、命を奪うことをなんともおもわぬ姦邪《かんじや》な群れなのだ。

幻八のなかで、沸々《ふつふつ》と滾《たぎ》りたつものがあった。

「許さぬ」

不意に発したことばに、おのれがとまどっていた。かつて持ったことのないおもいだった。

やたら腹が立っていた。

雷門《かみなりもん》から門前の通りへ出た。祭りでもないのに混雑している。突然、人の群れが割れた。一人の男が走ってくる。粗末な身なりをしていた。おそらく無宿人《むしゆくにん》だろう。十手《じつて》をかざした数人の岡っ引きが追いかけてくる。行く手をさえぎるように雷門の前に樫《かし》の棒を持った寺男が立った。男が立ち止まった。後ろを振り返る。その顔に絶望があった。岡っ引きたちが襲いかかった。よってたかって取り押さえる。よく見かける無宿人捕縛の風景であった。

幻八は立ち止まってじっと見つめていた。薄汚れてはいたが、男の顔には素朴さが残っていた。飢饉《ききん》で食うものもなくなり、故郷を捨ててきたに相違なかった。幻八の脳裏《のうり》に、蔵前屋《くらまえや》と湊屋《みなとや》の傲岸《ごうがん》な顔が浮かびあがった。銭にあかせて遊里通いをし、寮では頻繁に幕閣の要人や大身の旗本を招いて酒池肉林の宴を催しているふたりであった。

幻八は舌を鳴らした。

(腹をたてても何の役にもたたぬ。しょせんひとりでは何もできぬ)

かつて抱いていた虚無が頭をもたげてくる。

大きく息を吐いた。重苦しいおもいを吐き捨てるための動きであった。無宿人が後ろ手に縛られ、引き立てられていく。横目で見て、幻八は歩き出した。

蛤町の住まいにもどったときには、暮六つ(午後六時)を少しまわっていた。

永代寺の鐘だろうか、時を告げて鳴り響いている。

幻八がもどると黒い羽織を着込み、お座敷にでる支度《したく》をととのえた駒吉が、笑顔で迎えた。

「女だけの所帯だとなにかと心細くてね。あんたが帰ってきてくれたんで今夜から安心して眠れる」

幻八を奥の座敷に坐らせて、台所へ声をかけた。

「お君ちゃん、冷やを持ってきておくれ。旦那《だんな》さまに深酒させせちゃいけないよ」

幻八は苦笑いを浮かべた。いまだかつて駒吉が
「旦那さま」

などと呼んだことはなかった。顔をのぞきこんだ。

「妙に優しいじゃねえか。いっとくが用心棒はおことわりだぜ」

険しい顔つきに変わった。睨みつけて、突《つ》っ慳貪《けんどん》にいった。

「なんだよ。人がせっかく優しい気持になってるのに、はぐらかすことはないじゃないか。いいかい。酒は銚子《ちょうし》に一本だけだよ。それ以上は許さないからね」

そっぽを向いて立ち上がった。

「出かけるよ」

「たっぷり稼いできな」

座敷から出ていきながら、駒吉が吐き捨てた。

「稼ぎのいい男をつかまえてりゃ、お座敷づとめなんかしないで差しつ差されつ、いい気分でいられるのに、ついてないよ」

幻八は笑みを含んで見送っただけだった。駒吉の他愛ない悪態が、救民講と辻斬り騒ぎに、ついつい尖りがちなこころをやわらげた。

お君が用意してくれた銚子一本を呑《の》み干し、床についた。

翌朝は昼近くまで眠った。駒吉がいつ帰ってきたかもしらなかった。幻八が家にいるときは、必ずといっていいほど叩き起こすのだが、昨夜は寝かせてくれたらしい。

「座敷をのぞいたら、ぐっすりと寝入っている。疲れがたまってたみたいだね」

遅い朝飯をとる幻八の差し向かいに坐って、駒吉が心配そうにいったものだった。

昼八つ（午後二時）すぎに何の前触《まえぶ》れもなく五助が訪ねてきた。表から声をかけ、ずかずかと上がり込んで、縁側で庭を眺めながら肘枕で横になっていた幻八の傍らに腰をおろした。

「他人さまの住まいだぜ。いくらお役人さまでも、ちょっと礼を欠いてるんじゃねえか」

振り向きもせず、告げた。

「読売を読んだ。おもしろい。町人たちは競って買っていたぞ」

懐から、その日売り出した読売を取りだした。

「そいつはよかった。あとは救民講と辻斬りの出方待ちだな」

むっくりと起きあがった。

「そうだ」

「なあ、五助。救民講について知っているかぎりのことを教えてくれねえか。町方同心のおまえが、密《ひそ》かに嗅ぎ回っていることは動きから分かる。何を疑ってるんだ」

「……いまはいえぬ」

五助の顔がにわかに強張《こわば》った。こんな顔つきをしたときは、梃子《てこ》でも動かなくなる。昔からのつきあいだった。そのくらいのことはすぐに読みとれた。

「気が向いたら話してくれ。おれは眠い」

くるりと背を向け、横になった。肘枕をする。

五助はしばらく坐ったままでいた。幻八は振り向こうともしない。

気まずい沈黙が流れた。

ややあって、

「邪魔したな」

と、脇に置いていた大刀《だいとう》に手をのばした。

幻八は身動きひとつしなかった。救民講の背後にいる連中は、必ず動き出すと推断していた。

（どんな手でくるか）

敵の動きを手がかりに探るしか、暴く手立てがなかった。仕掛けてくるのは早くて数日後、とも見立てていた。

庭に目を向けた。塀際に名も知らぬ花々が咲き誇っている。しかし、幻八の眼は花々を見つめてはいなかった。敵の狙いが奈辺《なへん》にあるか、ただそれだけを考えつづけていた。

三

『辻斬りが狙う救民講講中』と題された読売は、辻斬りが横行しているせいもあってか『芸妓色暦』をしのぐ売れ行きだった。

わざわざ仲蔵が蛤町まで足を運んできた。座敷に坐るなり、紙包みをとりだし、

「二両入っている。玉泉堂仲蔵は約束をまもる男だ」

と、したり顔で鼻をうごめかせた。

鷲《わし》摑《づか》みした幻八は無造作に懐にねじこんだ。

「『芸妓色暦』ともども、つづきをよろしく頼まあ」

愛想笑いを浮かべた仲蔵は、上機嫌で小半刻（三十分）ほど喋《しゃべ》りまくって帰っていった。

読売が出てすでに三日がすぎていた。幻八は近所をぶらついたり、庭に面した縁側にごろりと横になったりして時を過ごした。

救民講にかかわる者たちの動きはなにひとつなかった。

仲蔵が立ち去ってほどなく、おもいもかけぬ人が訪ねてきた。

妹の深雪《みゆき》だった。

「もうじき米櫃《こめびつ》が空になります」

幻八の顔を見るなり、いった。

「二両しか渡せぬ。掛け値なしだ」

幻八は懐から紙包みをとりだした。さっき仲蔵から受け取った金だった。開いて二両をつまみだし、手渡した。

気を利かせたのか駒吉が、深雪が座敷に入るのと入れ替わりにお君を庭に連れだした。草花の手入れをしている。時折笑い声があがっているところをみると、ふたりは気があっているようすだった。

二両を紙入れにしまい込んだ深雪が微笑《ほほえ》んだ。

「まもなく無心をしなくともすむようになるかもしれませぬ」

「父上が御役につくとでもいうのか」

年齢《とし》からいって、万が一にも、ある話ではなかった。

「若年寄の堀田《ほった》様より内々の呼び出しがあって、今夕七つ、御屋敷へ伺うことになっております」

「堀田安房守《あわのかみ》だと」

深雪は無言でうなずいた。

幻八は黙り込んだ。堀田安房守は、救民講の貫主《かんじゆ》檜山《ひやま》篤石《とくせき》の後ろ盾であった。救民講にかかわる一味と考えるのが妥当な人物だった。

（動き出したのだ）

父を役付きにすることで、おれの動きを封じようとしている、と判じた。

微禄の御家人、老齢の父が御役につく折りなど二度とないはずであった。父にしてみれば、最初で最後のことであった。

救民講について読売に書くことを幻八に止めさせる。それが御役につく条件、といわれたら父はどうするだろうか。

幻八のこころは揺れていた。

父に御役についてほしい、とおもう。剣術の腕を振るえる御役なら、生き甲斐ともなるだろう。不遇をかこった父の人生の最後を飾ることになるのだ。

救民講にかかわる読売のタネなどいくらでも転がっている。それこそ『芸妓色暦』のつづきでも書けばいい。その間に用心棒時代に知り合った土地《ところ》の無頼《ぶらい》ども数人と蕎麦屋で酒を酌《く》み交《か》わせば、おもしろい噂の二、三はすぐにつかめるとの自信もあった。

が、そうおもいながらも、

(このまま非道を見過ごしていいのか)

との強い憤りが胸中で頭をもたげてくる。

救民講が始まったころに講中になった者たちが辻斬りに狙われているのは、五助から渡された調べ書や、講中札に記された札番から推測できた。なぜ殺されるのか、そのわけはわからなかった。が、いずれ調べがすすめばあきらかになることだった。

勝手気儘《きまま》を積み重ねてきた幻八であった。

(父が何を望むか。すべて成り行きにまかせよう)

と決めた。釈然《しやくぜん》としないものがこころにあった。が、親孝行の真似事もよかろう、とのおもいがそれを封じた。

「急に黙り込んで、何かありましたか」

深雪の呼びかけで幻八は現実に引き戻された。

「何でもない。このところ忙しくてな。思案することが山ほどある」

そういって微笑んだ。

「子供たちがお腹を空《す》かして待っております。これにて」

深雪は笑みを返した。

若年寄堀田安房守の屋敷は、牛込御門近くの土手四番町《どてよばんちょう》にあった。通りをはさんだ外濠を吹き渡る風が水面を揺らして波紋をつくりだしている。

堀田屋敷の玄関脇にある接見の間に、羽織袴の正装を身にまとった朝比奈鉄蔵《あさひなてつぞう》が姿勢をただして坐していた。約束の時刻の夕七つ（午後四時）はとうに過ぎていた。

「七つには屋敷にもどるゆえ、その刻限までに屋敷を訪ねられたい」

との使者の口上であった。

半刻（一時間）ほど待たされただろうか、

「ほどなくいらせられます」

取次の武士が襖《ふすま》をあけ、廊下から声をかけた。

鉄蔵は無言でうなずいた。

数人の足音が聞こえた。襖が開けられ、側役数人をしたがえた堀田安房守が入ってきた。ことばもかけることなく上座に坐した。側役たちが左右に控えた。

「小普請組《こぶしんぐみ》組付朝比奈鉄蔵か」

脇息に肘を置いたまま、問うた。

「朝比奈鉄蔵でございまする。おもいもかけぬお呼び出し、正直いって、とまどっております る」

「わしは忙しい。話は手短にすまそう」

「御意のままに」

「おぬしを土蔵番にでも推挙しようとおもうてな」

「身にあまる光栄でございまする」

鉄蔵は両手をつき、深々と頭を下げた。

堀田安房守は冷ややかに見据《みす》えた。

「おもうてはおるが、その前にちと働いてもらいたいことがある」

「何をなせ、と」

平伏《へいふく》したまま、問いかけた。

「そちの嫡男《ちゃくなん》幻八の動きを封じる。ただそれだけのことじゃ」

「幻八めが何を」

「あらぬことを読売に書き立ておってな。わしの知り人が困っておる」

「あらぬことを書き、迷惑をかけたと」

「そうじゃ。根も葉もない話を大仰《おおぎょう》にとりあげられ、その者は大いに迷惑をしておるのじゃ」

「読売の文言を書くのをやめさせろ、とおっしゃるのでございまするな」

「そうじゃ」

鉄蔵が顔を上げた。まっすぐに堀田安房守を見つめた。

「御役につくために幻八を説き伏せ、動きを封じる。そういうことでございまするな」

「そうじゃ」

「此度《こたび》のこと、ご辞退申し上げまする」

「何っ」

堀田安房守の面《おもて》が怒りで朱に染まった。

「幻八めが常々申しておりました。根のない話を読売に書いたことはない。調べを重ね、必ず裏付けをとると。傍目《はため》には、ぐれとしかみえませぬが、わたしは幻八を、息子を性根までは腐っておらぬ者と信じておりまする」

「またとない話ぞ。逃せば生涯御役にはつけまい」

「不肖、朝比奈鉄蔵。微禄の身ではございますが、我が子の節を曲げさせてまで御役につこうとはおもいませぬ。こののち日陰の身で終わろうとも悔いはござりませぬ」

再び深々と平伏した。

「おのれ、無礼な奴。目障りじゃ。早々《そうそう》に失《う》せい」

堀田安房守は席を蹴立てて立ち上がった。鉄蔵を憎々しげに睨み据え、足音荒く座敷から出ていった。側役たちがつづいた。

残った側役のひとりが平伏したままの鉄蔵に告げた。

「お送り申す」

顔をあげた鉄蔵は傍らに置いた大刀を手にとった。その面には一点の曇りもなかった。むしろ晴れやかなものさえ感じられた。

「御役目、御苦労に存ずる」

鉄蔵は悠然《ゆうぜん》と立ち上がった。


翌朝五つ半（午前九時）、深雪が蛤町の住まいへやってきた。幻八は朝飯の途中だった。

迎えに出た駒吉が深雪を座敷へ招き入れた。

「すこし待ってくださいな」

お種に茶の用意をするよう声をかけ、駒吉は座をはずした。

食事を終えた幻八が向かい合って坐るなり、深雪が袂《たもと》から封書を取りだした。

「父上が兄上に渡すように、と」

「父上が」

受取り、封を開いた。書き付けが一枚、入っていた。書面にはただ四文字、

『殺身成仁《みをころしてじんとなす》』

とあった。

〈命を捨てて仁を成し遂げること。我が身を捨てて正道を行い、世のため人のため尽くすこと〉との意味を持つ語であった。

幻八は、じっと書き付けに見入った。

目を閉じる。

深雪は黙然《もくねん》と坐していた。

しばしの間があった。

幻八がしずかに眼を見開き、いった。

「父上は、御役につくのを断られたのか」

深雪は無言でうなずいた。

再び書き付けを見つめた。

『殺身成仁』

の四文字が視野のすべてを占め、こころを、躰をも貫いて、迫った。

幻八は中天を見据えた。

（父上……）

胸中で、呼びかけていた。

四

蔵前屋を張り込んで二日になる。店を見張れる、町家の二階の座敷に幻八はいた。今のところ動きはない。窓障子を薄めにあけ、視線を店先に置いたまま、事の成り行きをおもいおこしていた。

「救民講に蔵前屋が深くかかわっているようだ」

深雪が父からの封書を届けにきた日の翌朝、玉泉堂に仲蔵を訪ねた幻八は、そう切り出した。

「面体《めんてい》を知られている。外で張り込むわけにはいかぬ。店先を見張れるあたりの町家の一間でも借り受けようとおもう。で、先立つものが必要になってな」

「救民講がらみの読売はまだまだ売れそうだ。仕込みの銭は惜しみませんぜ」

巾着《きんちゃく》をとりだし、小判二枚をつまみだした。幻八に手渡して、

「待てよ」

と首を傾《かし》げた。

「蔵前屋、ね」

「どうした」

仲蔵が、ぽんと掌《てのひら》を一方の手で軽く打った。

「心当たりがありますよ。あそこなら、ぴったりだ」

幻八を見やって、つづけた。

「あっしと仲のいい絵草紙屋《えぞうしや》がいましてね。そいつの店が蔵前屋の斜め向かいだ」

「ほんとうか」

「まさにおあつらえ向きというやつで」

したり顔でにやりとしたものだった。

絵草紙屋は伊佐吉《いさきち》といった。世話好きな男で三度の飯から座敷の掃除、床の上げ下ろしまで、こまめにやってくれる。

「何かと悪いな」

幻八がいうと、

「気にかけないでおくんなさい。玉泉堂さんから、それなりの心付けをいただいてますんで」

と愛想よく笑った。

話の具合から察すると、どうやら仲蔵が気をきかせてくれたらしかった。

まもなく夕七つ半（午後五時）というころ、蔵前屋の店先に一丁の宝泉寺駕籠《ほうせんじかご》がつけられた。

幻八は細めにあけた窓障子からじっと見つめた。

雇い人が宝泉寺駕籠に乗るとは考えられなかった。まもなく主人の辰蔵《たつぞう》が出てきた。番頭加判名代の時右衛門《ときえもん》ら数人の手代が見送りに出ていた。蔵前屋がどこかへ出かけるのは、まず間違いなかった。商いの話に出かけるときは駕籠脇に番頭なり手代が付き添う。しかし、誰もしたがう様子がなかった。遊里へ遊びに出かけるとしか見えぬ辰蔵の様子だった。

幻八は立ち上がり、階段を一気に駆け下りた。裏口から出て、絵草紙屋の板壁に身を寄せた。時右衛門には顔を知られている。姿をさらすと張り込みに気づかれる恐れがあった。

時右衛門らが店のなかに入ったのを見届けて幻八は通りへ出た。宝泉寺駕籠がまっすぐにすすんでいく。駕籠舁《か》きの足はなかなか達者だった。ふつうに歩いたら見失いそうだった。自然、早足になった。道行く人たちを追い抜きながら行くかたちとなった。尾行に気づかれる恐れが高くなった。

(気づかれたら、それまでのこと、見失うよりはよかろう)

幻八は不敵な笑みを浮かべた。

東本願寺の門前から新寺町《しんてらまち》、車坂《くるまざか》と抜けた宝泉寺駕籠は山下へ向かい、三橋《みはし》を渡った。下谷広小路《したやひろこうじ》を右へ折れて、不忍池《しのばずのいけ》沿いにすすんだ。

このあたりは料理茶屋や水茶屋の立ちならぶ一画であった。

『料理茶屋　笹乃《ささの》』との軒行燈《のきあんどん》がかかげられ、扉が開けはなたれた透かし門の前に宝泉寺駕籠がとまった。竹垣が透かし門の左右に連なっている。駕籠舁きのひとりが門の奥へ向かって声をかけた。小走りに数人の仲居が出てきた。

もうひとりの駕籠舁きが戸を開けた。ゆったりとした仕草《しぐさ》で蔵前屋が降り立つ。下にもおかぬ扱いの仲居たちに囲まれて門内へ消えていった。宝泉寺駕籠が笹乃の裏手へまわったところをみると、どうやら会合が終わるまで待つつもりらしかった。

幻八は笹乃の透かし門が見張れる、汀《みぎわ》に立つ柳の木の根元に背をあずけて、腰を下ろした。傍目《はため》には不忍池の暮れ初《そ》む風景を楽しむ、暇を持て余した浪人としかみえなかった。この池之端仲町《いけのはたなかちょう》は、かつて用心棒をしたことのある寺町《てらまち》の伝兵《でんべ》衛《え》と呼ばれるやくざの縄張りで、顔見知りの無頼どもも多い土地《ところ》であった。噂を聞き込んだりするには何かと便利なことがある反面、顔を合わせたら、

「久しぶりだね。一杯どうだい」

などと誘われかねない。伝兵衛に出くわしたりしたら、それこそ断りきれない仕儀に陥って、張り込みができなくなる恐れがあった。

幻八はなるべく面をさらさぬように、不忍池に顔を向け、横目で笹乃の透かし

門を見張りつづけた。

小半刻（三十分）ほどしたころ、

「旦那。聞き耳の旦那」

と呼びかける声があった。

（見つかっちまった）

舌打ちをしたい気分になりながら振り向いた幻八が、訝《いぶか》しげに眉をひそめた。

金さんが腰をかがめて笑いかけていた。

「ところで」

鋭く見据えて、幻八がいった。

「なんと呼べばいいのかな」

金さんが微《かす》かに笑った。悪戯《いたずら》好きの子供が、悪さを見つかって誤魔《ごま》化《か》し笑いを浮かべた。そうとしか見えぬ顔つきであった。

「旦那とあっしの間では、いままでどおり遊び人の金さんということにしていただきたいんで」

「そうもいかぬときもあろうが」

「そのときはそのときのことで。それに、顔を合わせるのは町場のほうが多いとおもいますんで」

「噂どおりの、融通無碍《ゆうずうむげ》、というやつか」

「根っからの気性で。直しようもねえし、直す気もありませんがね」

「金さん、と呼ばせてもらおう」

「それでこそ聞《き》き耳《みみ》の旦那だ。見込んだとおりの気性で、安心しやしたぜ」

「だれかつけてきたのか」

「篤塾《とくじゆく》の檜山篤石をね」

「檜山篤石が来ているのか」

うなずいて、つづけた。

「仲居に金をつかませて聞き出したんですが、ほかに若年寄堀田安房守、湊屋、蔵前屋の四人がなにやら会合をもっているようで。芸者衆は小半刻ほどして呼んでくれ、と金主の蔵前屋が馴染みの仲居に頼んだそうで」

「蔵前屋が金主か」

「五回に一度ほどが、湊屋の払いだそうで。判でおしたように繰り返されているって仲居が嗤《わら》ってましたぜ。計算づくの、けちくさい話で」

金さんが小馬鹿にしたような笑みを浮かべた。

幻八は湊屋の顔を思い浮かべた。吝嗇《りんしょく》が顔に出ていた。蔵前屋が時折、露骨に湊屋を小馬鹿にしたような顔をするのも、無理からぬことかもしれない。もっとも湊屋の身代では、蔵前屋と対等に張り合うなど、端《はな》からできぬ話といえた。

「湊屋か……」

幻八のつぶやきを金さんは聞き逃さなかった。

「湊屋が、どうしたんで」

眼を細めている。あきらかに探りを入れていた。

「おもしろい奴だとおもってさ。蔵前屋のそばに金魚の糞《ふん》みたいにくっついて、どこぞで甘い汁が吸えねえか、とそれだけを考えている。おれには、そうとしかおもえないのさ」

「金魚の糞か。そうかもしれねえ」

金さんが、ふっと皮肉な笑みを漏らした。

「ところで聞き耳の旦那。連中の狙いは何なんですかね」

世間話でもするような気楽な口調だった。

「そうさ、な」

幻八は黙った。

金さんは、つづくことばを待っている。

幻八が口を開いた。

「金銭欲に権威欲。欲が肉の衣をまとって歩いているのが人って生き物さ。おれなんざ、いつももっと銭が欲しい、と眼の色を変えている」

「欲が肉の衣をまとっている。人間って奴は、すべてそんなものかもしれませんね」

いつもの金さんらしくない、しみじみとした声音だった。

「が……」

いいかけてことばを呑み込んだ。

「が、なんでえ」

幻八の問いかけに、金さんが笑みを浮かべて応じた。

「度を過ぎた欲をかくのはよくねえと、おもいやしてね」

「如何様《いかさま》。嫌い嫌いも好きのうち、というがほんとに嫌いということもある。何事もほどを見極めなきゃいけねえってことさ」

「人はひとりじゃ生きられねえ。勝手気儘に生きてえが、そこが浮世のつらいところで」

幻八は苦い笑いを浮かべた。

「違《ちげ》えねえ」

そういいながら、いつの間にか金さんとこころが触れ合ってしまったことに、とまどいを感じていた。

「張り込みにもどりやす。ところで旦那、帰りは蔵前屋をつけるおつもりで」

「そうさな」

幻八は首をひねった。

「ほんのきまぐれなんだが、湊屋をつけようとおもう」

「湊屋を、ね」

眼を細めて空に視線を流した。向き直って、つづけた。

「ほどほどに、お願いしやす。ほどほどに、ね」

軽く腰をかがめて後ずさった。踵《きびす》を返し、笹乃の裏口へ向かう路地へ姿を消した。

黙然《もくねん》と見送った幻八がぼそりと吐き捨てた。

「ほどほどに、か。びしりと壺を押さえていきやがる。喰えねえ野郎だ」

ことばとは裏腹、面には微かな笑みさえ浮いていた。

二刻（四時間）をすこし過ぎたころ、一丁の駕籠が両国橋を渡り、右へ折れた。対岸の両国広小路にはまだ茶屋などの灯《あか》りがともり、かき鳴らす三弦《さんげん》の音が風に乗って聞こえてくる。尾上町から元町にかけての町家のほとんどが大戸を下ろし、灯りが漏れる家はまばらであった。

静寂が通りを支配している。

勢いよくすすんできた駕籠が突然、止まった。

「どうしたんだい。急に止まって、危ないじゃないか」

駕籠のなかから湊屋が咎《とが》める声を上げた。その声に呼応するかのように鈍く光る一本の鉄の棒が垂れを貫いて刺し込まれた。

湊屋は一瞬それが何なのか判別できなかった。予想だにしなかったものだったからだ。

眼をこらした湊屋は、大きく呻《うめ》き声をあげた。一本の鉄棒と見えたもの。それはまさしく人を斬るための道具、一振りの大刀に相違なかった。

「話がある」

刀が引き抜かれ、垂れが撥ね上げられた。

頬被りをした着流しの男が、腰を抜かしてへたりこんだ駕籠舁きの肩に相次いで峰打ちをくれるのがみえた。わずかに呻いて、ふたりがその場に崩れ落ちた。

男がゆっくりと振り向いた。

「おれだよ」

頬被りをとった。

湊屋の顔に驚愕が走った。

「おまえは」

「ご存じ聞き耳幻八さ。余人をまじえず、じっくりと話したいことがあってな。多少乱暴だったが、ほかにいい手立てをおもいつかなかった」

不敵な笑みを浮かべた。

「早く降りな。これ以上の手間暇は勘弁してもらいてえ」

切っ先を湊屋の鼻先につきつけた。

五

どこのお大尽が船遊びをしたのか、屋根船がゆったりと大川をさかのぼっていく。おそらく神田川沿いの船宿へでももどるのであろう。川沿いの土手に幻八と湊屋は向き合って立っていた。

「わたしは救民講とはかかわりがないよ」

湊屋治兵衛はいった。何度も繰り返されたことばだった。

「そうかい。なら、そういうことにしとこう」

幻八は鋭く湊屋を睨みつけた。

「『辻斬りが狙う救民講講中』って外題の読売を読んだかい。いま、けっこう評判になってるやつだよ」

「読んだ。それがどうしたっていうんだ」

「そのつづきを書くことになってな」

「そいつは」

眉を顰《ひそ》めた湊屋に顔を寄せて幻八がいった。

「困るって顔に書いてあるぜ。救民講の黒幕さんよ」

「わたしは、救民講の黒幕じゃない。かかわりないって何度もいってるだろう」

「黒幕とはいわないまでも、中心人物のひとりであることは間違いない。探索の結果を読み解くと、どう考えてもそうなるんだ」

「やぶにらみだね。迷惑だ。帰らせてもらうよ」

向きを変えて、土手をのぼろうとした。

「いいのか。救民講が何のかのと理由をつけて、不払いを重ねているのはわかってるんだ。証拠もある」

湊屋の足が止まった。その背に告げた。

「『不払いつづく救民講　黒幕は湊屋治兵衛』と書き立てたら、どうなるね」

湊屋が振り向いた。

「脅すのか」

「脅しちゃいないさ。本当のことを書くだけよ。読売がでたら、怒った救民講の講中が湊屋へ押しかけるぜ。大変な騒ぎになるかもな」

「どうしても書くのか」

湊屋の顔がひきつっていた。

「書くさ。おれの生業《なりわい》は読売の文言書きだからな」

「何が欲しい。金か。金ならやる。いくら欲しい」

いきなり幻八の襟《えり》をつかみ、揺すった。襟にかけられた湊屋の指を一本一本丁寧にひっぺがして、告げた。

「いらねえよ、金なんか。それより」

皮肉な目つきで見据えた。氷の冷たさが眼の奥にあった。

「語るに落ちるとは、湊屋さん、あんたのことだぜ」

湊屋の顔が大きく歪《ゆが》んだ。

「それじゃ、今までの話は」

「当てずっぽうさ。いくらでも金をやる。たしかにそう聞こえたぜ。おれの話が的を射ていたからこそ、金で口を封じようとしたんじゃねえのかい」

「それじゃ、証《あかし》なんか……」

瘧《おこり》のようにわなわなと震えていた。

「もちろんなかったさ。『不払いつづく救民講』との外題の読売、出るのを楽しみにしていな」

にやりとして、幻八は湊屋に背を向けた。


翌朝、湊屋治兵衛は三好町の蔵前屋の奥座敷にいた。

まだ明六つ（午前六時）を少し回ったところだった。

向かい合って蔵前屋辰蔵が坐っている。寝ているところを叩き起こされたせいか、不機嫌さが顔に出ていた。

「いくら深いつきあいをしているからって、訪ねてくるには、ちょっと早すぎるんじゃないのかね」

「そんな悠長な話じゃないんだよ」

一膝すすめて、左右に視線を走らせた。寝てないのか、眼が血走っている。

「湊屋さん、いっちゃなんだが、少し考えが浅いんじゃないのかい。親が一代で築きあげた湊屋の暖簾《のれん》に頼りすぎてるんじゃないのかね」

冷ややかな物言いだった。

「蔵前屋さん、口が過ぎるよ。今度という今度は、本当に大変なんだよ」

「また大変かい。聞き飽きたよ」

煙草盆を引き寄せ、煙管《キセル》を取り上げた。

「早いとこ始末しときゃよかったんだ、あの聞き耳幻八をさ」

「聞き耳幻八だと」

刻み煙草を火皿に詰めようとした手が止まった。

「奴がいったい何をやらかしたんだ」

蔵前屋が見据えた。射竦《いすく》めるような鋭さだった。

湊屋がおもわず眼をそらした。顔をもどして、いった。

「実は……」

昨夜の顚末《てんまつ》を事細かに話しつづけた。蔵前屋は一言も口をはさまず聞き入っている。


幻八は絵草紙屋の二階にいた。窓障子を細めに開けて、蔵前屋の店先を見張っている。蔵前屋の大戸は閉められたままだった。

昨夜、湊屋を脅しあげた幻八は、その足で絵草紙屋にもどった。窓際に坐り込み、一睡もせずに張り込みをつづけた。湊屋は必ず蔵前屋に駆け込んでくる、と判じていた。

推測どおり金龍山浅草寺の鐘が明六つを告げて鳴り始めたころ、一丁の宝泉寺駕籠がやってきて蔵前屋の前に止まった。

降り立ったのは予測どおり湊屋治兵衛だった。大戸を叩いた。あまりのしつこさに中から大戸が開かれた。手代が応対し、ともに奥へ消えた。大戸が閉じられた店先には、宝泉寺駕籠とふたりの駕籠舁きが残された。どうやら帰りも乗せてゆくことになっているらしい。

幻八はとことん湊屋をつけまわすつもりでいた。蔵前屋辰蔵、堀田安房守、湊屋治兵衛の三人は、檜山篤石が組織した救民講に、何らかの形でかかわっているとおもえた。

幻八は救民講の組織について、あらゆる点から思索した。何度やってもひとつの疑問につきあたった。江戸の町民たちすべてが救民講の講中になったとしたら、最後に加入した講中はだれから分配金を受け取ることができるのか。答はただひとつ、

「だれからも受け取れない」

ということであった。

幻八ひとりだけの思索では、何か見落としがあるかもしれない。そうおもって仲蔵とともにさらに思索した。答はひとりで出したものと同じであった。

つまるところ、救民講の講中で多額の分配金を受け取ることができるのは、早めに講中に加入した者たちだけということになる。すなわち、浅い札番の講中札を持っている者たちだけが、いいおもいをする仕組みになっているのだ。

もし浅い札番の講中札を持っている講中たちが、何らかの理由で死んだとしたらどうなるのか。死去した講中たちの受け取るべき分配金が、救民講に入金され、

蓄財されていくのではないのか。そう考えついたとき幻八は、

（どでかい山につきあたった）

とおもった。が、何の証もなかった。どこから探索を始めるべきか、おおいに迷っていた。ところが、五助を通じて大きな手がかりが労せずして手に入った。辻斬りに殺られた救民講講中の所有していた、講中札と札番の写しだった。

辻斬りに救民講講中を襲わせたのは、浅い札番の講中札を持つ者たちの分配金を、救民講のものにするため、という点は推測できた。

これ以上突っ込んだ探索をするには、何らかの仕掛けをし、救民講にかかわる者たちが動き出すのを待つしかなかった。

だれに仕掛ければいいのか、と思案した。仕掛けるには仕掛ける相手に近づかなければいけない。堀田安房守は若年寄で、読売の文言書き風情が気安くことばを交わせる相手ではなかった。檜山篤石には、篤塾の塾生たちがつねにそばにいて、ふたりきりになることすらむずかしかった。蔵前屋辰蔵は一代でのし上がった男特有の度胸の良さと計算高さ、用心深さ、したたかさをあわせ持っていた。多少の脅しに動揺するとはおもえなかった。最後に残ったのが湊屋治兵衛だった。

幻八はそれぞれの役割を推量してみた。檜山篤石が救民講づくりの絵図を描き、

後ろ盾の堀田安房守にもちかける。堀田安房守は組織づくりに必要な金の工面を蔵前屋に打診する。湊屋は遊びの場でつねに蔵前屋の近くにいた。救民講を大儲けできる話だとふんで、みずから一味にくわわったのだろう。

湊屋は、どう考えても一味のなかで尤《もっと》も攻めやすい相手だとおもえた。先代の父親が築きあげた湊屋の身代《しんだい》を、見栄っ張りで自信過剰の二代目が食い潰している、と噂されている男であった。

揉め事に遭遇したら慌てふためき、ただ騒ぎ立てる。それが湊屋治兵衛の本性に違いない、と幻八は推し量っていた。その判断が誤っていなかった証に、昨夜脅しをかけられるや翌朝早々に、相手の都合もかまわず蔵前屋に駆け込んだのだ。

この湊屋の動きが、

(真綿で首を締めるように、じわじわと追い込んでいけば、必ず謀計のすべてを白状する奴)

との確信を幻八にもたらしていた。

やがて蔵前屋が店を開け、番頭や手代たちが忙しく働き始めた。湊屋はまだ出てこなかった。

入ってから二刻(四時間)も過ぎただろうか、蔵前屋におくられて湊屋が表へ出てきた。宝泉寺駕籠に乗り込むのを見届け、幻八は尾行するべく立ち上がった。

湊屋を乗せた宝泉寺駕籠は日暮の里へ向かった。簡単な尾行だった。駕籠昇きたちは後ろを振り向こうともしなかった。蔵前屋の寮の前で宝泉寺駕籠をおりた湊屋は、表門まで迎えに出た、寮番とおぼしき老爺《ろうや》の案内で奥へ消えていった。

宝泉寺駕籠はひきあげていった。幻八は通りをはさんで向かい側の、表門を見張れる大木の蔭に身を潜《ひそ》め、張り込みをつづけた。

空が茜色に染まり、夜の帳《とばり》が降り始めたころ、二丁の宝仙寺駕籠が寮の前に止まった。一丁の宝泉寺駕籠から蔵前屋が降りた。黒岩典膳《くろいわてんぜん》ら数人の用心棒が迎えに出て、一緒に寮の中へ入っていった。もう一丁の宝泉寺駕籠の戸が開けられた。だれも乗っていなかった。湊屋を送り届けるために蔵前屋が用意した宝泉寺駕籠とおもえた。駕籠昇きたちは門の近くに宝泉寺駕籠を置き、そばの草むらに腰を下ろしている。

幻八は後悔していた。張り込みがこれほど長くなるとはおもってもいなかった。昼も夕飯も、これでは食いっぱぐれることになりかねない。あまりの空腹に腹が鳴った。が、今この場を離れるわけにはいかなかった。幻八の勘が、

（必ずなにかが起こる）
と告げていた。

夜四つ（午後十時）の時鐘は、とっくに鳴り終わっていた。湊屋を乗せた宝泉寺駕籠は寝静まった通りを元町へ向かってすすんでいる。幻八は夜陰を利して尾行していった。幸いなことに宝泉寺駕籠の先に提灯《ちょうちん》がともっている。つけるにはいい目印となった。

蔵前屋の寮から出てきたとき、湊屋はしたたかに酔っていた。足下をふらつかせながら宝泉寺駕籠に乗り込んだ。それにくらべて蔵前屋は常とほとんど変わりなかった。

「心配することは何もないよ。枕を高くして眠ることだ」

蔵前屋のことばに宝泉寺駕籠から顔を出して、湊屋がいった。

「ほんとに大丈夫なんだね。心配はないんだね」

「じきに安心できるようになるさ。楽になれる」

蔵前屋が薄く笑った。

幻八はそのときの蔵前屋の顔つきが妙に気にかかっていた。理由はない。が、尾行をつづけるうちに、そのことはすっかり忘れ去っていた。

両国橋を渡って、宝仙寺駕籠は左へ折れた。湊屋へは右へ曲がるのがふつうの道筋であった。幻八はまだ両国橋の上にいた。不吉な予感にかられた。足を速めて宝泉寺駕籠を追った。

駒留橋《こまどめばし》を渡ると大川端へ出る道であった。豪壮な武家屋敷の蔭になって、幻八は宝泉寺駕籠を見失っていた。自然、駆け足となった。藤代町《ふじしろちょう》の町家を過ぎ、武家屋敷がつらなる一画を抜けた。

と――。

武家屋敷の塀沿い、川岸に奇妙なものが転がっていた。

横倒しになった宝泉寺駕籠であった。

駆け寄る。駕籠のそばに黒い塊が見えた。眼を凝《こ》らした。

黒い塊。それは喉《のど》を切り裂かれた、断末魔《だんまつま》の形相《ぎようそう》凄《すさ》まじい湊屋の骸《むくろ》だった。

第五章　入江《いりえ》ノ鐘《かね》

一

幻八《げんぱち》は湊屋治兵衛《みなとやじへえ》の傍《かたわ》らに片膝《かたひざ》をつき、鼻の先に手をかざした。何の反応もなかった。ぐるりを見渡す。湊屋の骸と宝泉寺駕籠《かご》が転がっているだけで、本来いるはずの駕籠舁《か》きの姿はなかった。

ふたりは襲われたとき、雲を霞と逃げ去ったとおもわれた。

幻八は首をかしげた。その場の様子に、なにか不自然なものが感じられたからだった。尾行していたときの光景を思い浮かべる。

宝泉寺駕籠がすすんでいく。町家の切れたところを左へ折れた。宝泉寺駕籠の轅《ながえ》の先に提灯《ちょうちん》が揺れていた。細い縦長の夜回り提灯が駕籠舁きの先棒の前で揺れていた。

暗闇から躍り出た辻斬りが斬ってかかる。あわてた駕籠舁きが宝泉寺駕籠を放り出して跳び下がる。一気に逃げ去る。

(提灯だ)

幻八は、つづいて展開されたであろう光景を思い描いた。

宝泉寺駕籠が横倒しになる。転がった提灯に蠟燭《ろうそく》の火が燃えうつる。提灯が燃え上がる。

その、燃えたはずの提灯がどこにも見あたらないのだ。燃え滓《かす》すら見いだせなかった。

奇妙なことといえた。考えらえることが、ひとつだけあった。

駕籠舁きの先棒が提灯をとりはずし、宝泉寺駕籠を蹴倒した。横倒しになった宝泉寺駕籠から湊屋が這い出る。背後から駕籠舁きが襲いかかって湊屋の喉《のど》を切り裂く。

駕籠舁きが湊屋を殺したとする。この場に提灯が見あたらなくとも、あらかじめ轅からとりはずし、持ちかえったと考えれば辻褄《つじつま》があうのだ。

幻八は湊屋の喉の傷跡をあらためた。匕首《あいくち》で抉《えぐ》ったような痕《あと》だった。

当たらずといえども遠からず、か。幻八はそうおもった。

長居は禁物だった。骸のそばにいたら、人相風体《にんそうふうてい》からいって辻斬りと間違えられかねない。幸いなことに周囲に人の気配はなかった。ゆっくりと立ち上がった。何事もなかったかのように歩きだした。


「湊屋が殺された、というのか」

遠山金四郎《とおやまきんしろう》はことばをきった。裃《かみしも》を身につけた堅苦しい姿だった。北町奉行所の奥の間で、かしこまった石倉五助《いしくらごすけ》と向かい合っている。

「ついつい詰問が度をこして、幻八がやったのでは」

「刀傷か」

「いえ。抉った傷で。おそらく匕首か、と」

「なら、幻八ではあるまい。剣の使い手だ。やるなら刀を使うはずだ」

「それでは誰が」

「仲間割れではあるまいか」

「仲間割れ？」

五助が首をかしげた。何か思いあたったらしく、顔をあげていった。

「まさか蔵前屋《くらまえや》が」

「おそらく、な」

「手の者に蔵前屋を張り込ませますか」

「そうよな」

遠山金四郎は、そういって宙に視線を泳がせた。

「幻八は近々救民講のことを読売《よみうり》に書くであろうか」

「もう文言《もんごん》を書き始めているかもしれませぬ」

「なら今度は幻八が危ない。いや、一族に害が及ぶ恐れもある」

じっと見つめて、つづけた。

「石倉、幻八が書きつづける読売、狙い以上の結果を生むかもしれぬぞ」

ともすれば狡賢《ずるがしこ》くみえる、抜け目のない眼を底光りさせて、にやりと薄ら笑った。


『暗雲漂う救民講《きゅうみんこう》　講中の大物　湊屋治兵衛殺さる　不払い画策の陰謀か』

と題された幻八の文言による読売が売り出されたのは、遠山金四郎と石倉五助が話し合いをもった二日後のことだった。

「五回刷りましたぜ」

と仲蔵《なかぞう》は上機嫌で蛤町の住まいへ訪ねてきた。懐紙《かいし》に包んだ、二両の心づけを幻八に手渡して帰っていった。

売行きは上々だった。が、予期しなかった厄介事も発生した。玉泉堂《ぎょくせんどう》に救民講の講中が押しかけてきて、くわしい話を聞きたがった。仲蔵が応対するのだが、自分で探索していないだけに細かい話ができない。なかには、

「ろくに調べ上げないで読売に書くのか」

と怒り出す職人風もいて、ほとほと困り果てた。

たまたま居合わせた際物師《きわものし》の弥吉《やきち》が気を利かせて仲蔵に申し出、幻八を呼びに走った。

「一刻もすれば、文言を書いた聞き耳の幻八先生がきます。くわしい話を聞きたいお方はそれまでお待ちになるか、出直してきておくんなさい」

と仲蔵は頭を下げた。

幻八は蛤町の住まいにいた。推測される湊屋治兵衛の役割。救民講の組織のありよう。背後に潜《ひそ》む者たちの全貌。実名こそ書かれていないが、読む者にははっきりと、どこのだれそれと分かる書き方をしたのだった。檜山篤石《ひやまとくせき》。救民講の運営母体ともいうべき篤塾。それらが何の反論もしてこない。不気味な静けさとい

うべきであった。幻八には、

（連中は必ず動く）

との確信があった。その動きを見極めて次の手を打つ。それまでは梃子《てこ》でも動かぬ、とも決めていた。傍目《はため》には住まいで、ただごろごろしているとしか見えなかった。そんなところへ血相変えた弥吉が呼びにきたのだった。

「救民講の講中が玉泉堂に押しかけてきています。それも半端な数じゃねえ。くわしい話を聞きたいと騒いでいます。ご出馬を」

話をきいた幻八は敵の動きの一端だと感じた。幻八がどの程度内情を知っているのか、救民講の黒幕たちは、できるだけくわしく知りたいはずなのだ。押しかけた講中のなかに、送り込まれた一味の者が含まれているかもしれなかった。

下手に動いて手の内をさらすのは避けるべきだった。が、多くを知っていると臭わせ、敵の動きを誘う手立てとすることができるのではないのか。

幻八は、動く、と決めた。

「支度《したく》をする。待っててくんな」

表口の土間に立つ弥吉に告げ、奥の座敷にもどった。壁に立てかけてあった大《だい》刀《とう》を手にとり、腰に帯びた。

玉泉堂の土間には数十人にも及ぶ講中が押しかけていた。やってきた幻八を見ると、

「救民講は大丈夫なのか」

「講中が辻斬りに襲われているというが、証《あかし》はあるのか」

などと矢継《やつ》ぎ早に問いかけてきた。上がり端《はな》に幻八と弥吉が立った。玉泉堂への道すがら、どう仕切るかについて話し合い、まず際物師で声を鍛えぬいた弥吉が声をかけ、講中からの問いかけを整理しながらすすめていく、と役割を決めていた。

「お静かに。聞きたいことがあったら、まず手を挙げておくんなさい。ひとりずつ問いかけ、それに文言書きの幻八旦那《だんな》が応える。そういうやりかたでいきたいとおもってますんで」

ほとんどが一斉に手を挙げた。

「そこのおかみさん、何を聞きたいんで」

小商人《こあきんど》の女房といったつくりの女が問いかけた。

「辻斬りに斬られた講中は、いったい何人いるんだい」

「つかんでいるところで三十数人といったところだ」

応《こた》えた幻八に横合いから職人風が声をかけた。

「証はあるのかい」

幻八は職人風に視線をうつした。この男は入ってきたときにも、同じ問いかけをしてきた。手入れしたばかりなのか、月代《さかやき》がやけにあおあおとしている。額の生え際を見つめた。かすかに面胼胝《めんだこ》が残っていた。かつては真面目に剣の修業を積んだ者に相違なかった。

脳裏《のうり》を、

(こ奴が救民講の送り込んだ者かもしれぬ)

とのおもいがかすめた。そうおもって見ると、日暮の里の蔵前屋の寮の庭で、黒岩典膳《くろいわてんぜん》らと一緒にいた用心棒のひとりに似ているような気がした。

「際物師の弥吉の仕切りにしたがってもらいたい。そういう約束になっているんでな」

そっけなく応えた。

間をおかず弥吉が声を張り上げた。

「次のお方はどなただ」

また一斉に手が挙がった。なかに件《くだん》の職人風もいた。突然前に出るや、講中を睨《にら》みつけて怒鳴った。

「おれが聞いてるんだ。みんな遠慮してくれねえか」

ざわめきがあった。が、顔を見合わせ、黙り込んだ。

「職人さん、困るぜ。決まりどおりやってもらいてえな」

咎《とが》めた弥吉を睨《ね》めつけて、吠えた。

「うるせえ。いいかげんなことを書いて、いんちき読売を売りまくっている奴らがよくいうぜ。証なんかねえだろうが」

「いいかげんなことだってさ」

「いんちき読売なのかよ。ひでえ話だ」

あちこちから声があがった。疑惑の眼差《まなざ》しが幻八たちに向けられた。それを見て職人風が薄ら笑いを浮かべたのを、幻八は見逃さなかった。

幻八が声高にいった。

「証はあるぜ」

講中たちが静まりかえった。

「北町奉行所に懇意にしているお役人がいてな。世のため人のためになることだ。

真実は早めに町人たちに知らせたほうがいい、と特別に調べ書の一部を書き写してくれたのさ。これがその写しだ」

　懐から石倉五助から受け取った書き付けの束をとりだし、掲げてみせた。

「辻斬りに殺された救民講の講中たちのことが書いてある。読み上げるぜ。札番三番、深川櫓下、蝶太郎《ちょうたろう》こと長助《ちょうすけ》。住まい、大和町亀入店」

　ことばをきって見回した。

「ほれ、このとおりだ」

と蝶太郎のことを書き記した書き付けを講中たちに向けて、示した。

　一同が食い入るように見つめている。ことばをかさねた。

「まだ読売には書いてないが、いま、この玉泉堂から売り出されている読売『芸妓色暦』で噂になっている深川芸者の染奴も札番六番の講中札を持つ、れっきとした救民講の講中なんだぜ」

「染奴が六番札」

「蝶太郎が三番札か」

「おいらは蝶太郎からすすめられて救民講の講中になったんだ。札番七二九。あの野郎、たんまり分配金をせしめてやがったんだな」

あちこちからざわめきが起こった。なかなか鎮《しず》まりそうにない。頃合いをみはからって幻八がいった。

「職人さん、納得がいったかね」

「寄こせ。遠目じゃわからねえ」

「そいつはできない話だな。手にした途端、破り捨てたり、どろんを決めこまれたりなんてことになっちゃまずいからな」

揶揄《やゆ》したような笑みを浮かべた。が、眼は笑ってはいなかった。鋭く職人風を見据《みす》えていた。

職人風が顔をそむけた。

「そんなこと、するはずねえだろう」

「そうかな。どこかで会ったような気がするが、日暮の里あたりだったか」

わざとらしく首をかしげてみせた。

「知らねえ。金輪際《こんりんざい》会ったことはねえ」

職人風はおおいにあわてて、くるりと背を向けた。こそこそと講中の群れにまぎれていく。

幻八は眼で追った。人混みをかきわけた職人風が、開け放たれた出入り口の端から身を隠すようにして出ていった。

(おそらく救民講が送り込んだ奴)

幻八の推測は確信にかわっていた。黒幕たちが暗躍しだしたことは明白だった。

(今のところ、成り行きにまかせるとの手立てしかおもいつかねえ)

半ば諦めの境地だった。が、それがよかったのか、かえって腹が据わった。頭のなかの靄《もや》が急速に消え失《う》せていくのを感じた。

二

夜五つ(午後八時)の時鐘が鳴り終わっても、救民講の講中は引き上げなかった。顔に必死さが漲《みなぎ》っている。多額の分配金と命がかかっているのだ。無理もなかった。

五つすぎに仲蔵が近寄ってきて、

「昼が早かったんでな。腹が減って仕方がないんだ。悪いが夕飯を食いにいかせてもらうぜ」

と耳打ちし、不満げな幻八に申し訳なさそうな顔を向けて、目立たぬように出かけていった。

講中たちが引き上げていったのは、それから半刻（一時間）ほどたってからだった。

「あっしらに、救民講の講中の始末をまかせて、ひとりで夕飯を食いにゆくなんて、仲蔵親方も冷たすぎらぁ。腹が減ってるのはみんな一緒だぜ」

最後のひとりが出ていったのを見届けて、弥吉が口を尖らせた。

「いつものことだ。そのうち天罰が下るだろうぜ」

幻八のことばに生真面目な顔つきで応じた。

「できればそう願いてえや。情けのかけらも身についてねえんだから」

「ところで押しかけてきた講中の名と住まいは、ちゃんと帳面につけといたんだろうな」

「そこんとこは仲蔵親方が抜け目なく」

「仲蔵がやったんなら、まず間違いはないだろう。持ってきな」

「夕飯はどうしやす」

「帳面にさらりと目を通してからだ」

「わかりやした」

上がり框《かまち》の隅《すみ》に置かれた帳面をとりにいった。

弥吉が持ってきた帳面を受け取った幻八は、一枚ずつ繰《く》っていった。

帳面を閉じて、いった。

「いずれ役に立つかもしれねえ。大事にとっといてくんな」

「座敷の神棚の脇にでも置いときまさ。あそこなら、まずなくなることはない」

「そうしてくれ」

弥吉が立ち上がったときだった。

「医者だ。医者を呼んでくれ」

とだれかがわめく声が聞こえた。その声に、

「痛い。血が、血が出てる。斬られた」

悲鳴に似た声が重なった。

「聞き覚えのあるような」

幻八が腰を浮かせた。

「まさか仲蔵親方じゃ」

弥吉が振り向いた。

そのとき、

「医者だ。早く医者を」

怒鳴《どな》りながら玉泉堂へ駆け込んだ者がいた。

遊び人の金さんだった。ひとりの男を肩に担《かつ》いでいる。肩口を斬られ、鮮血が着物を真っ赤に染めていた。右腕から血が滴《したた》っている。

仲蔵だった。

「飯の帰りに強盗頭巾《がんどうずきん》の一味に襲われたんだ。金さんに助けられた。痛てて」

と顔を顰めた。

「玉泉堂に救民講の講中が押しかけた、と聞き込んだんで、やってきたんだ。たまたま通りかかったら大勢の強盗頭巾が仲蔵さんに斬りかかっていた。『人殺し』と叫んだら、奴ら雲を霞《かすみ》と逃げていった」

「押しかけた講中に見知った顔でもないか、あらために来たんだろうが、遅かったな。もう引き上げちまったよ」

幻八が応じた。

「何くだらねえこと喋《しゃべ》ってるんだ。医者だ。医者を呼んでくれ。痛いんだよ。半端じゃねえんだ。痛たたた」

仲蔵が派手に呻《うめ》いてみせた。

「弥吉、腹を空《す》かしてるとこを悪いが、頼まれついでだ。医者を頼むぜ」

「横町の仁庵《じんあん》先生を連れてきまさあ」

幻八の声に威勢よく応え、尻を端折《はしょ》って飛び出していった。

「礼太《れいた》、焼酎だ。傷を消毒する」

驚きのあまり棒立ちとなっていた礼太は、呼びかけに我に返って飛び上がった。慌てて台所へすっ飛んでいった。


寝床に仲蔵が横たえられている。肩口から胸にかけて晒《さら》しが巻きつけられていた。治療を終えた白髪まじりの仁庵が、往診箱を風呂敷に包んで、いった。

「数日のうちに巻いた晒しもとれるだろう。痛みがなければ、ふつうに動いていい。傷口が開くことはない。ちょっと深めのかすり傷といったところだ」

「お世話をかけました」

幻八が頭を下げた。仲蔵は目を閉じている。痛むのか、ときどき呻《うめ》き声をあげていた。

仁庵が座敷から出ていったのを見届けて、幻八が吐き捨てた。

「たいそうな痛がりようだったぜ。まったく意気地がないったらありゃしねえ」

「痛いものは痛いんだ。いつまでもいやにずきずきしやがる」

仲蔵が恨めしげな口調で応えた。

「襲ったのは誰だろう。救民講の奴らか」

幻八が金さんに問いかけた。

「おそらくな。玉泉堂仲蔵を襲うとは、奴ら、読売に書かれたことで、かなり焦っているな」

「おれに読売の文言を書かせないための脅しだろう。次は何を仕掛けてくるか、だ」

うむ、と首をひねった瞬間、閃《ひらめ》くものがあった。

「父上だ」

幻八は、救民講の一味とみられる堀田《ほった》安《あ》房守《わのかみ》が御役をつけることを餌《えさ》に、鉄蔵を呼びつけたことをおもいだした。仲蔵を襲ったのだ。父や妹、ともに暮らす子供たちを襲撃しないとはかぎらなかった。

「弥吉」

呼びかけた。どこで用立ててきたのか、握り飯を頬張《ほおば》っていた。

「すまないが深川へひとっ走りしてくれ。駒吉《こまきち》におれが迎えに行くまで帰るなと、つたえてほしいんだ」

お君《きみ》は駒吉と一緒に深川へ出かけていた。おそらくいまごろは検番あたりで時を潰していることだろう。まず心配はあるまい、とおもった。

「合点承知の助で」

握り飯を手にしたまま弥吉が応えた。

「金さん、父上や妹たちのことが気にかかる。悪いが仲蔵のこと、頼むぜ」

「心配ねえとはおもうがね。まっ、いってきな」

笑いかけた金さんを睨みつけ、

「気楽な口を叩くんじゃねえや。何か起きてたら本気で怒るぜ」

大刀を手に立ち上がった。


本所北割下水の旗本、御家人の屋敷が建ちならぶ一帯はすでに寝静まっているのか、灯《あか》りのひとつもみえなかった。

が、灯りを落とした屋敷内で、息をひそめて外の様子をうかがう者たちがいた。朝比奈《あさひな》鉄蔵《てつぞう》と深雪《みゆき》、そのまわりで怯える万吉《まんきち》やお春《はる》たちであった。片膝をついたまま、鉄蔵は大刀を腰に帯びた。眼は庭に据えられている。

「よいか。わしから離れるな。一気に斬り込んで表門へ走る。門を背に戦う。そのすきに逃げ出せ。どんなことがあろうと振り向いてはならぬ。目指すは深川蛤町、駒吉どのの住まいじゃ」

「はい」

深雪が低く応えた。子供たちを見やって、いった。

「わたしのそばにいるのですよ。手をつなぎあって、ひとつになって動くのです」

顔をひきつらせて、万吉たちが大きくうなずいた。

鉄蔵がふっと微笑《ほほえ》みを浮かべた。訝《いぶか》しげな面《おもも》持ちで深雪が見つめた。見つめ返していった。

「いやな。微禄《びろく》で、手狭《てぜま》な住まいしか与えられぬ貧乏御家人の立場が、おもわぬところで役に立ったとおもうてな」

「それは、どういう……」

「狭い庭だ。表へ逃げ走るにも楽だ」

「たしかに」

深雪の面《おもて》にも笑みが浮いた。つられて万吉たちも微《かす》かに笑みをみせた。

「雨戸を蹴破って飛び出す。遅れるでないぞ」

鉄蔵の唇が固く結ばれた。刀の鯉口《こいくち》を切る。

「いくぞ」

立ち上がった。刀を引き抜く。庭へ向かって走った。伊作《いさく》を抱いた深雪や万吉たちが間を置かずにつづいた。

雨戸を蹴破った。

外側に倒れた雨戸の向こうに、手に手に大刀を構えた強盗頭巾たちの姿があった。十数人はいるだろうか。半円の陣形を組んでいる。

「朝比奈鉄蔵、参る」

右八双《はっそう》に刀を構えて、一気に斬り込んだ。命を惜しまぬ、鋭い太刀《たち》捌《さば》きだった。

気圧されて強盗頭巾の一角が崩れた。

「つづけ」

左へ刀を一閃《いっせん》し、さらに右に返して表門へ向かった。深雪が、背中を丸めた子供たちが走った。

門扉《もんぴ》に達した鉄蔵が振りむき、走ってきた深雪たちを避けながら、追ってきた強盗頭巾に迫った。上段から大刀を振り下ろした。先に立った強盗頭巾の左肩口が切り裂《さ》かれ、大きくのけぞった。追撃の者たちの足がとまった。

　鉄蔵は右横下段に大刀を置く、右車の構えをとった。その顔には微かな笑みさえあった。低く、吠《ほ》えた。

「長年修行を重ねた鹿島神陰流《かしましんかげりゅう》の業前《わざまえ》。役に立てるときが、やっときた。わしは嬉しい。こころが沸き立っているのだ」

　左右から同時に斬りかかった強盗頭巾の刀を左へ撥《は》ね上げ、右横へ飛んだ。飛びながら左袈裟懸《ひだりけさが》けに斬り伏せる。背中を裂かれた男が、そのまま前のめりに倒れた。

　伊作を下ろし、閂《かんぬき》をはずそうとしている深雪たちへ向かって強盗頭巾たちが迫った。一跳びした鉄蔵が背後から大刀を大きく横にふった。ふたりの後頭部がざっくりと割れ、どうとばかりに倒れた。

　閂がはずれた。

　門が開かれる。

　伊作の手をひいたお春や万吉たちが外へ飛び出した。最後に残った深雪が叫んだ。

「父上」

「早く行け」

敵と対峙したまま、鉄蔵が叫んだ。

「老いぼれ、死ね」

巨軀《きよく》を利して大上段から斬りかかった強盗頭巾の大刀を、下から受けた鉄蔵が力負けして体勢を崩し、片膝をついた。

行きかけて振り向いた深雪が立ち止まった。

「父上……」

鉄蔵に応える余裕はなかった。片膝をつくほど地面すれすれまで押さえつけられた大刀をそのまま突き出した。その切っ先が深々と敵の足の甲に突き立った。呻いて、刀を取り落とした強盗頭巾が激痛に横倒しとなり、のたうった。

跳ね起きた鉄蔵は残る強盗頭巾たちと睨み合っていた。

見届けた深雪は万吉たちの後を追った。少し走って、止まった。万吉たちが一《ひと》塊《かたまり》になって斜め向かいの屋敷の前に立っていた。その前に、ふたりの尻っ端折りをした町人が立っている。十手《じって》を手にしているところをみると、どうやら岡っ引きらしい。黒い影が深雪に向かって駆け寄ってくる。大小二本の刀を腰に帯びていた。

（曲者《くせもの》の一味）

そう判じた深雪は懐剣《かいけん》に手をかけた。

「深雪どの、おれだ」

黒い影が声をかけた。近寄ってくると顔がおぼろに判別できた。

「石倉さま」

そばに立って、いった。

「張り込んでいたのだが、少し距離を置いたので、異変に気づくのが遅れた。怪我はないか」

「わたしはなんともありませぬ。それより父上が」

「鉄を打ち合う音がしたが、小父さんが斬り合っておられるのか。助太刀せねば」

鯉口を切り、大刀を引き抜いた。駆けだそうとした石倉五助に深雪が声をかけた。

「石倉さま」

足を止めて、振り向いた。

「なんだ」

「失礼ながら石倉さまの剣の腕前では、かえって父の足手まといになるかと。あたりは旗本、御家人の屋敷。助勢を頼むが一番」

「おれは北町奉行所の同心。それでは、面子《メンツ》が」

うむ、と唸《うな》り、手にした大刀を見つめた。刃先が暗闇のなかで鈍《にぶ》い光を発していた。ぼそっとつぶやいた。

「そうよな。朝比奈の小父さんは、おれよりはるかに強い……」

「石倉さま、早く助勢を呼ばねば」

五助が、なにをおもいついたか、はっと顔を上げた。

「そうだ。おれには、これがある」

懐から呼子《よびこ》を取りだし、口に当てた。

大きく、高く吹き鳴らした。


闇を切り裂いて、呼子が響き渡った。

頭領格とおぼしき強盗頭巾が気づいて、呻いた。

「呼子。町方か、厄介な」

つづけて、吠えた。

「引き上げる」

踵を返した。強盗頭巾たちが一斉に頭領格の後を追った。

「おのれ、逃げるか。卑怯者」

鉄蔵は追おうとして足を止めた。

大刀を大上段に構え直し、裂帛《れっぱく》の気合いとともに振り下ろした。止めきれず、切っ先がわずかに前方の土に触れて、止まった。

「刀が重い。ここらが限界。寄る年波には勝てぬ」

肩で大きく息をした。

三

駆けつけた幻八は、予想だにしなかった光景におもわず足を止めた。

深更《しんこう》だというのに門前に人だかりがしていた。鉄蔵と深雪が立っている。すこし離れて、石倉五助が十手を片手に与吉《よきち》になにやら指示をしていた。

仙太が、かり出された辻番所の番人や小者たちとともに、浪人風の男たちの骸をかたずけている。大八車の荷台には、ふたりの浪人の骸が横たえられていた。

幻八はゆっくりと五助に歩みよった。歩きながら、でがけに玉泉堂で遊び人の金さんが発したことばをおもいだしていた。

「心配ねえとはおもうがね。まっ、いってきな」

たしかに金さんはそういったのだった。

（金さんは必ず何か起きるとみて、五助を護衛につけていたのだ。もっとも護衛役が五助でよかったのか、剣の腕前からみても疑わしいことだがな）

そうおもいながらも、

（こんどばかりは金さんに頭があがらねえ。借りをひとつ、つくっちまった）

なぜかこころに暖かいものが広がっていた。

「五助」

幻八の呼びかけに、

「おう」

とだけ応えて、微笑みを浮かべた。

「すまねえ。どうやら蔭ながら守ってくれていたようだな」

「金さんからのたっての頼みでな」

「そうかい。金さんねえ」

「守ってやりたくとも、おれひとりの裁量では、どうにもならぬからな」

「金さんに礼をいっといてくれ」

「ああ。朝比奈の小父さん、凄まじいばかりの剣の冴えだったようだぞ。曲者五人を倒された。うち四人は死んだ。残るひとりは気を失っている。息を吹き返したら調べに入る」

「年甲斐もなく無茶なことを」

「早くいってやれ。小父さんも深雪どのも喜ばれる」

うなずいた幻八が鉄蔵と深雪に歩み寄った。

「兄上」

気づいた深雪が声を上げた。

「万吉たちは」

「かすり傷ひとつおっておりませぬ。みな元気です」

「それはよかった。父上、獅子奮迅の働きだったと五助から聞きましたが」

鉄蔵が呵々《かか》と笑った。

「はじめて鹿島神陰流の腕を振るった。長年の修行、無駄ではなかった。いい気分だ」

「年寄りの冷や水、と申します。自重されるが肝要かと」

「馬鹿を申せ。誰が年寄りじゃ。それより、我が家が襲われたくらいじゃ、駒吉どのは大丈夫か」

「迎えにゆくまでもどらぬように、と手配りしております」

「早う迎えに行け。わしの腕はまだまだ鈍ってはおらぬ。わしらは心配ない」

「お気遣い痛み入ります。それではこれにて」

幻八はじっと見つめた。

うむ、とうなずき、鉄蔵が見つめ返した。眼の奥に慈愛の光が宿っているのを、幻八は見逃さなかった。なぜかこころが熱くなるのを覚えた。しばらくこの場にとどまりたいとの衝動にかられた。

「早く行け」

鉄蔵のことばが、そのおもいを断ち切った。

小さく頭を下げ、幻八は背中を向けた。

「お父っさんや深雪さんたち、無事だったのかい」

幻八の顔を見るなり、駒吉がそう問いかけてきた。お座敷を終えた駒吉とお君は検番《けんばん》で待っていた。

「柔《やわ》なお人じゃねえ。曲者どもを退治された」

「おまえさんのお父っさんだものね。剣の腕は確かだろうよ。けど、万が一ってことがある。御奉行所に届けたほうがいいんじゃないのかね」

「五助が出張っていた。どうやら蔭ながら護衛してくれていたようだ」

「石倉の旦那が、かい。いいとこあるねえ」

蛤町へ向かう幻八たちにことばはなかった。曲者がどこから襲ってくるか分からない。住まいにもどってからも、幻八は一間ずつ念入りにあらためた。駒吉とお君には、幻八のそばを離れぬようにいってあった。手をつなぎあって、ふたりは幻八の背にくっつくようにして動いた。

住まいには何の異常も見あたらなかった。町家の密集した一角である。今夜は襲撃を仕掛けてくるまい、と幻八はふんでいた。駒吉たちが寝ている座敷の隣りで、次に出す救民講がらみの読売の文言書きの下調べに入った。

その夜はわずかに仮眠をとっただけだった。文言はすでに書き始めていた。読売には、

『読売の板元玉泉堂の主人　辻斬りに襲わる　救民講の背後で蠢《うごめ》く輩《やから》の謀略か』

との仮の外題《げだい》をつけていた。明後日には救民講がらみの読売の続編を出す。できうる限り間をおかず読売を出し続けることが、救民講の黒幕たちの動きを封じる有効な手立てだと判じていた。

昼間は襲撃を仕掛けてくるまい、ともふんでいた。

駒吉やお君と遅めの朝飯をすませた幻八は、書きかけの読売の文言を懐に玉泉堂へ向かった。


仲蔵は、傷口に晒しを巻いた痛々しい格好でいた。玉泉堂の板の間からつづく座敷の壁に背をもたせている。

「横になったほうがいいんじゃないか」

と幻八がすすめても、

「このていどの傷で寝込んだとあっちゃ、男がすたらあ。おれは玉泉堂の仲蔵だ。脅しをかけられたら倍にして返すぐらいの意地はもってるぜ」

と眼をぎらつかせたものだった。

話を聞いた仲蔵は、

「幻八さんのいうとおりだ。読売稼業のおれたちがだんまりを決め込んだら、奴ら嵩《かさ》にかかって脅してくるに違いない。明日にも読売を売り出してやろうぜ」

「書きかけの文言、読むかい」

「それにゃ及ばねえ。聞き耳《きみみ》幻八さんの文言だ。できあがりに不安はねえよ」

板の間で横になって、うたた寝をしている礼太に向き直って、声高にいった。

「いい若い者が昼寝かよ。仕事だ。彫師を五人ほど集めてこい。彫師の手配がすんだら刷り師、刷り師の次は」

「際物師ですね。弥吉さんと誰にしやしょう」

跳び上がるようにして起きあがり、身を乗りだした。

「先走るんじゃねえ、馬鹿野郎。まずは彫師だ。すぐに仕掛かれ」

「わかりやした」

立ち上がるや土間に飛び降り、草履《ぞうり》を突っかけて飛び出していった。

「威勢はいいんだが、そそっかしくて早とちりときている。それも半端じゃねえから困っちまう」

見送って、仲蔵は苦い笑いを浮かべた。

「いつもの奥の座敷を借りるぜ。夕方までに文言を書き上げる」

「明日の昼には、際物師たちを江戸のあちこちに走らせる。売って売って売りまくって救民講の化けの皮、とことんひんむいてやる」

おもわずこぶしをふりあげた途端、

「痛っ」

とおもいっきり顔を顰《しか》めた。


文言を書き終えた幻八は、彫師の安次《やすじ》と直しの有無について話し合った。ふつうなら文言直しが出た場合にそなえて、しばらく玉泉堂にとどまるのだが、この日ばかりはできるだけ早く家に帰りたかった。駒吉とお君、通いのお種《たね》と、女だけの住まいにしておくのは何かと心配だった。そのあたりのことは仲蔵も忖度《そんたく》していて安次に、

「いろいろあるんだ。直しがでたらおれがやる。幻八さんほどの冴えはないが、なんとかならあな。まずは細かく話し合ってくれ」

と口添えしてくれた。

夕七つ（午後四時）を告げる金龍山浅草寺の鐘が鳴り響いている。幻八は帰り支度《じたく》を始めていた。ゆっくり歩いても、七つ半（午後五時）前には蛤町の住まいにつく。人の目がある。真っ昼間から押しかけて乱暴狼藉《らんぼうろうぜき》を働くことなどありよ

うがなかった。

（当分の間、夜だけは用心棒をつとめてやらねばなるまい）

そう考えながら幻八は玉泉堂を後にした。


蛤町と冬木町の境の、正覚寺《しょうかくじ》や玄信寺《げんしんじ》などが建ちならぶところから、俗に寺町とよばれている一画に駒吉の住まいはあった。

幻八は仙台堀沿いに歩いていった。正覚寺にさしかかったとき、仙台堀と交差する堀川に架かった小橋の向こうに見知った顔が見えた。石倉五助の手先、岡っ引きの仙太《せんた》が妙に生真面目な顔つきで立っていた。

昨夜のことがある。幻八は胸騒ぎをおぼえた。急ぎ足で近づいていった。

「仙太」

呼びかけた。

ぎょっとしたように振り向いた顔に焦りがあった。

「旦那」

「まさか」

「その、まさか、でさ。駒吉さんと居候《いそうろう》の娘さんの姿が見えねえ。家ん中は荒らされてるし」

「拐《かどわ》かされたっていうのか」

「おそらく」

「馬鹿野郎。それを早くいえ」

いきなり仙太を突き飛ばし、走り出した。

家の前に人だかりがしている。与吉が表で立ち番をしていた。血相《けっそう》変えて突っ走ってくる幻八を見つけて、駆け寄ってきた。

「幻八の旦那、なかに石倉の旦那が出張《でば》ってきてなさる」

「五助が。遅すぎらあ、間抜けめ」

裾《すそ》を蹴立てて、住まいへ駆け込んでいった。


庭に面した座敷に呆《ほう》けたようにお種が坐っていた。その前に、むずかしい顔つきで五助が立っている。家捜しでもしたらしく、あちこちに着物や小物が散乱していた。

「五助。見張っていてくれなかったのか」

「昨夜の後始末があってな。気にはなっていたんだが、来るのが遅れた。まさか真っ昼間に住まいに押し込んで拐かしをやらかすとは、さすがのおれもおもわなかったぜ」

「おめえだから、おもわなかったんじゃねえのか。油断が過ぎるぜ」

「そいつは言い過ぎだろうが」

五助が口をとがらせた。いつもなら言い返す幻八だったが、今度ばかりは違った。内心で自分を責めていた。五助に文句をいえる筋合いではなかった。幻八自身、昼間の襲撃はないと、たかをくくっていたのだ。

それが、あった。

一味の湊屋治兵衛さえ、害になるとみたら、あっさりと殺してしまう凶悪な連中である。拐かして幻八に脅しをかけ、いうことを聞かぬときは駒吉とお君の命など簡単に奪いとるに違いない。

幻八の脳裏に、染奴《そめやっこ》同様すっ裸に剝かれ、よってたかって一味に凌辱《りょうじょく》されて、なぶり殺しにあう駒吉とお君の姿がまざまざと浮かんだ。

「くそったれめ」

吐き捨て、頭を強くうち振った。妄想を振り払うために無意識にやったことであった。

「なんだ。怒ってるのか」

かすかに怯《おび》えをみせ、五助が上目遣いにみた。

「なんでもねえ」

そっぽを向いて応えた。

お種に、問いかける。

「くわしい話をきかせてくれ」

上げた顔が憔悴《しょうすい》しきっていた。

「お座敷用の足袋《たび》が欲しいと駒吉姐さんが急にいいだして、それで」

「買いに出たのか」

「駒吉姐さんは、両国広小路は米沢町《よねざわちょう》にある〈いの字屋《じや》〉さんの足袋が足にあう、とご贔屓《ひいき》にしてらしたんで、そこまで出向きました。帰ったら家ん中がこのありさまで」

途方に暮れたようにぐるりを見渡した。

「なんか変わったことはなかったかい」

お種が畳に目線を落とした。しばらくそうしていたが、何か思いだしたらしく顔を上げた。

「そういえば仙太さんがやってきて、駒吉姐さんになにやら書き付けらしきものを渡していたような」

「仙太が」

脇から石倉五助が口をはさんだ。

「おれが使いにだしたんだ。『おれが行くまで固く戸締まりをするように。幻八とおれ以外は誰が訪ねてきても戸を開けるな』と書いた書き付けを持たしてな。他に用があったんで奉行所へ引き返させたんだが、いま考えるとそのまま居残らせときゃよかったな」

幻八は、拐かしは黒岩典膳ら蔵前屋の用心棒の仕業《しわざ》と推断していた。だとすれば腕が違いすぎて、仙太がいたところでたいした役にはたたなかったはずだ。

「やれるだけの心遣いはしてくれたようだな。ありがとうよ」

「礼には及ばねえ。おれは北の隠密廻りの同心だぜ。お役目の壺は心得てる」

幻八はどっかと腰をおろした。腕を組んだ。

このまま手をこまねいているわけにはいかなかった。明日には救民講を糾弾する読売が出る。江戸の町辻のあちこちで、弥吉たち際物師が声をからして売りまくるはずであった。救民講の裏で蠢く一味には厄介この上ないことになる。逆上して、もっと手荒な手段に出るに相違なかった。

時をかければかけるほど、駒吉とお君の命は危うさを増すのだ。いい手立てはないか、と思案した。なにひとつ思い浮かばなかった。

幻八は追いつめられていた。ただひたすら攻めるしか手がないようにおもえた。

(一か八か、一気に勝負をつけてやる。さて、どうしたものか)

幻八は宙に眼を据えた。

四

「声をかけるまでしばらくの間、のんびりしていてくれ」

手分けして荒らされた住まいの後かたづけを終えたあと、幻八はお種にそう告げた。

「駒吉姐さん、生きてますよね。きっと生きてますよね」

帰り際にお種が必死な面持《おもも》ちでそういった。

「心配するな。おれがなんとかする」

微笑んでみせたものの、幻八にこれといって、いい手立てがあるわけではなかった。

座敷にもどると、五助が真ん中に坐っていた。顔を向けて、いった。

「盗《と》られたものは何もなかったようだし、駒吉とお君を拐かすことだけが狙いだったようだな」

「お種が何も盗られたものはない、といっていたから、たぶんそうだろう」

「頼りない奴だな。自分の住まいだろう」

「駒吉とお種まかせでな。おれは食って寝るだけだ。ふんどしを何枚持っているかも分からん」

「おれも似たようなものだ。どこに何があるか、さっぱり分からぬ。女房どのが突然いなくなったら途方にくれるだろうよ」

「拐かしたのは、やはり救民講の息のかかった連中だろうか」

五助がそっぽを向いた。わざとらしく咳払いをして、いった。

「おれは探索にたずさわる町方同心だ。いいかげんなことはいえぬ。何かと御用繁多だ。帰るぞ」

立ち上がった。手にした大刀を帯に差しながら数歩いって、立ち止まった。振り向いて、いった。

「気を落とすな。おれがついてる。幼なじみのおれが、な」

微笑みを浮かべてみせた。

「あまり当てにはできぬがな」

幻八がからかうような口調でいった。

「どうやら悪態をつく元気は残っているようだな。安心したよ。じゃあな」

さっさと立ち去っていった。

見送って幻八は腰を下ろした、座敷がやけに広く感じられる。いつもなら駒吉がここにいて、お種が夕飯の支度を終えている頃合いだった。家にいるときは必ず差し向かいで飯を食った。食べ終えてから駒吉はお座敷へ出かけた。洗い物をすませて、お種は自分の住まいへ帰っていく。お君がきても、駒吉は幻八とふたりだけで夕飯を食べた。お君はお種と台所の板の間で食をとった。

「駒吉……」

おもわず名を呼んでいた。いつも威勢のいい口調でやりこめてくるくせに、微笑むと妙にあたたかい、包み込むような優しさを感じさせる女だった。

「駒吉、死ぬな。どんなめにあっても生きろ。かならずおれが助けにいく」

知らず知らずのうちに拳《こぶし》を握りしめていた。

「くそっ」
こみ上げてきた怒りを吐き捨てた。
「こうしちゃいられねえ。動き出さなきゃ、何ひとつ始まらねえや」
幻八は裾を蹴立てて、立ち上がった。

幻八は三好町《みよしちよう》の蔵前屋へ出向いた。駒吉とお君が閉じこめられているかもしれない、と狙いをつけてのことだった。近くの町家の蔭から様子をうかがう。蔵前屋のぐるりに、さりげなく用心棒たちが立っていた。警戒の視線を走らせている。徹底した用心ぶりだった。

裏にまわっても似たようなものだった。用心棒たちを斬り倒して、突入するしか蔵前屋のなかに入る手立てはなかった。強行手段をとれば、もし駒吉たちがとらわれていたら、ただちに命を奪われるに違いない。忍び込んで様子を探るつもりでいたが、諦めざるをえなかった。

雑司ヶ谷の篤塾《とくじゆく》へ向かって歩き出した。歩みをすすめながら思案した。

篤塾は救民講の本拠といってもいいところだった。蔵前屋以上に警戒が厳重なはずであった。行っても無駄足になる確率が高かった。

ほかに駒吉とお君が閉じこめられていそうな屋敷はないか考えてみた。堀田安房守の屋敷、という線がないではない。が、幻八はすぐその可能性を打ち消した。若年寄という幕閣の要職にある身が、みずから疑念を抱かれるような動きをするはずがなかった。万が一にも拐かした駒吉とお君を監禁していたことが表沙汰になったら、不行跡《ふぎょうせき》のかどを咎《とが》められて、家禄没収のうえ御家断絶の憂《う》き目《め》にあうかもしれないのだ。

いったんは篤塾へ足を向けた幻八だったが、途中から引き返した。単身忍び込むより、堂々と篤塾に乗り込む手立てをおもいついたからだった。手立てを実行にうつすには人手が必要だった。玉泉堂で使い走りをやっている礼太の顔が脳裏に浮かんだ。

幻八は玉泉堂へ向かった。

玉泉堂についたのは夜五つ（午後八時）の鐘が鳴り終わってほどなくのころだった。

「なにかあったのかい」

だいぶ気分がよくなったのか、入ってきた幻八の顔を見て、仲蔵が板の間からつづく座敷から起き出してきた。顔に、鋭く研ぎすまされた緊迫したものが見え隠れしていた。

読売の文言はすでに書き終えている。ほろ酔い気分でもないのに、ぶらりと遊びにくるには不似合いな時刻だった。何事かが起きたに違いないと考えるのが妥当であった。

無言で座敷へ上がった幻八は、どさりと腰を下ろした。

「どうした。やけに疲れているようじゃないか」

仲蔵がのぞき込むようにしていった。

「実は」

幻八は駒吉とお君が白昼押し込まれ、拐かされた顚末《てんまつ》を語って聞かせた。

「蔵前屋の警戒が異常なほど厳重だっていうんだな」

仲蔵が眼を細めた。思案するときによくやる顔つきだった。小狡《こずる》そうな眼が、さらに狡さを増してみえる。

「警戒が厳しいということは、まだ駒吉たちの命はとられていない、とみるべきだな」

そうとは限らない、と幻八はおもった。一味のひとり、湊屋治兵衛の命をあっさりと奪った蔵前屋たちだった。あくまで駒吉たちが生きているとみせかけて助けにきた幻八を殺すか、あるいは意のままに動かす。幻八の生殺与奪《せいさつよだつ》の権利を握ることこそが、蔵前屋たちの狙いではないのか。そう幻八は考えていた。

生かして、

『救民講に落ち度はなかった。間抜けな読売の文言書きが救民講を陥れる者たちの陰謀に嵌《は》められたのだ』

との読売を書かせる。そうすれば救民講への疑惑は薄らぎ、再び金集めができるのだ。

（おそらく駒吉たちの命はあるまい）

そう幻八は判じていた。ただですます気はなかった。

（たとえこの命が果てようとも、駒吉とお君の仇《かたき》だけはとる）

と固くこころに決めていた。

「いい手立てがあるのだ。手を貸してもらいてえ」

幻八が底光りする鋭い眼で見据えた。

「なんでえ、怖い眼ぇして。そんな顔しなくとも、玉泉堂仲蔵、どんなときでも幻八さんに手ぇ貸すぜ」

と身を乗りだした。

「押しかけてきた救民講の講中を、大急ぎで集めてくれないか」

「名も住まいも帳面に書き留めてある。声をかけて集めるのは造作《ぞうさ》もないが、いったい何をたくらんでいるんだ」

「救民講の本拠、篤塾に押しかけるのだ。講中から抜ける、積み金を返せ、と騒ぎ立てるのよ」

「積み金で儲けの大きい商いに手を出す。儲かった銭のいくばくかを、さらに講中に分配するというのが、救民講の触れこみだったな」

皮肉な笑みを浮かべて、つづけた。

「積み金をすぐ返せ、と騒ぎ立てれば、さぞや奴ら大慌てするだろうな」

「そこが付け目よ。できるだけたくさん講中を集めたい。帳面に名を連ねた講中に、知り合いの講中を誘ってもらう段取りを考えなきゃなるまい」

「幸いなことに彫師も刷り師も集めてある。紙もたらふく残っている。人集めの簡単な文言を書いたらどうだい。刷りあがった書き付けを持たせて、礼太はもちろん、弥吉たち際物師も手分けして走らせるぜ。今日売る読売が刷り上がるのは昼過ぎだ。際物師たちはそれまでに戻ってくりゃいい」

「すまねえ。恩にきるぜ」

「なあに読売のタネになることだ。労は惜しまないよ」

仲蔵は、にんまりと計算高い笑みを浮かべた。

『救民講に押しかけ、積み金返却を強談判《こわだんぱん》する所存。返却を望む者は集まれ。集合場所　雑司ヶ谷　篤塾門前。時　夕七つ半。先日応対した文言書きの聞き耳幻八が待つ』

幻八の書いた文言を彫師が小半刻（三十分）もたたぬうちに彫り上げ、刷り師ふたりが半刻（一時間）ほどで二百枚ほど刷り上げた。

暁七つ（午前四時）、弥吉たち際物師と礼太は、刷り上げた書き付けを懐に飛び出していった。

ひとまず幻八に今できることは終わった。救民講とのやりとりは長丁場になるのはあきらかだった。

幻八は、いつも文言書きに使う奥の座敷で横になった。

（なにがあっても寝る）

と決めていた。幻八は昼過ぎまで泥のように眠りつづけた。

護国寺の大伽藍《だいがらん》が木々の間から威容を示して聳《そび》え立っている。茜に染まりかけた空には無数の雲が漂っていた。

幻八は篤塾の表門を背にして立っていた。護国寺から篤塾までは田畑を縫って細い道がつづいている。護国寺の鐘が夕七つ（午後四時）を告げたころには、すでに救民講の講中が数十人ほど篤塾の前にいた。

約定《やくじょう》の刻限近くには、二百人余の講中が集まっていた。わずかに百姓家が点在する見通しのいい道には、さながら蟻《あり》の行列かと見まがうような人の列がつづいている。幻八の呼びかけに応じた講中が、親しくしている講中を誘って、救民講との話し合いの場に出向いてきたのだ。

少し前に篤塾の門番が咎め立てしてきた。

「徒党を組んで門前に群れるとは何事か。すみやかに退去されたい」

講中をかきわけて、幻八がすすみ出た。

「読売の文言書きで聞き耳幻八という。救民講の動きに疑わしいものがある。それゆえ糾弾の読売を書いている。集まっているのは救民講の講中ばかりだ。救民講より抜け、積み金の返却を望んでいる。檜山篤石殿と話し合いをしたい。話し合いを拒否されれば門扉をうち破っても乱入し、強談判する所存」

あまりの剣幕に恐れをなした門番が、屋敷内へ駆け込んでいった。まだ檜山篤石からの返答はない。

幻八は門扉を閉じられないように、門柱の間に講中を立たせた。制止しようとした門番には当て身をくらわせ、気を失わせて門脇に転がしてある。

約定の夕七つ半（午後五時）になったら、檜山篤石からの返答の有無にかかわりなく、集まっている講中とともに篤塾に押し入る気でいた。

講中の数はすでに数百人をこえていた。

七つ半になった。

幻八は講中たちに告げた。

「これより救民講を運営する篤塾へ押し入る。交渉ごとはすべてまかせてもらいたい。異論がある者は引き上げてもらって結構。いかがか」

「文言書きの旦那にまかせる」

「積み金を取り戻してください」

との声が講中の間からあがった。

幻八が両手をあげて制した。鎮《しず》まったのを見届けて、告げた。

「これより押し入る」

幻八は先頭に立って歩きだした。講中たちがつづく。

「積み金を返せ」

「檜山篤石、出てこい」

講中たちが、いつのまにか叫んでいた。玄関を取り囲んでわめきつづけた。幻八は油断なく警戒の視線を走らせている。

不思議なことに屋敷内からは物音ひとつ聞こえなかった。通いの塾生たちはすでに引き上げ、門番を入れて十名たらずの住み込みの者たちだけが居残っているはずであった。

突然、

「火事だ」

誰かが叫んだ。

「まさか」

幻八は声のしたほうへ走った。見定めるためだった。屋敷の奥の方から火の手があがっていた。

「火をつけたか」

講中に向かって怒鳴《どな》った。

「逃げろ。救民講は講中を裏切った。屋敷に火を放ち、証拠の隠滅をはかったのだ。早く逃げろ。命あっての物種《ものだね》だぞ」

「救民講め。覚えていろ」

「火のまわりが早い。逃げろ」

口々にわめきながら、講中たちは我先に表門へ向かって走った。

講中たちが逃げ去るのを、玄関の前で見届けて、幻八は屋敷を振り返った。

「駒吉がなかにいるかもしれねえ。いま助けにいくぜ」

幻八は一気に屋敷内へ駆け込んでいった。


煙が立ちこめている。火の手が数ヵ所からあがっていた。凄まじい火勢だった。あらかじめ行燈《あんどん》のために用意しておいた油でもまいて、手分けして、あちこちに火をつけたのであろう。

燃え上がる炎と競い合うように、幻八は奥へすすんだ。襖を蹴倒す。駒吉をお君が閉じこめられているような気配は、どこにもなかった。

奥の、篤石の書斎とおぼしき座敷にふみこんだとき、木々の弾ける音にまじって風切音がひびいた。

「矢羽」

なかば反射的に身を伏せた幻八の耳元を、矢がかすめた。つづけざまに矢が飛来する。幻八は横転して逃れた。小柄《こづか》を抜き、畳の縁に突き立てた。力任せに畳を撥《は》ねあげる。たてつづけに畳に弓矢が突き立った。畳の脇からのぞき見る。黒岩典膳ら見覚えのある蔵前屋の用心棒数人が矢を射ていた。

身動きができなかった。短い棒状のものが傍らに落ちた。見やった幻八の眼が驚愕に見開かれた。

「爆薬」

火のついた筒状の爆薬だった。導火線が燃え尽きようとしていた。幻八は爆薬を手にとって、投げた。

次の瞬間――。

空中で耳をつんざく爆発音が響き渡った。爆風に砕けた天井が幻八に向かって落下していった。

「まずは助かるまい。引き上げるぞ」

黒岩典膳が弓を放り捨て、踵《きびす》を返した。用心棒たちがそれにならった。

座敷は炎に包まれていた。幻八の姿はどこにも見いだせなかった。凄まじい音を発して柱が燃えあがり、まっ二つに折れて、支えていた天井ごと大きく崩れ落ちた。

五

救民講の本拠でもある篤塾が焼け落ちて、すでに三日が過ぎ去っていた。

「救民講は、はなから騙《だま》すつもりで積み金を集めたのだ」

と町人たちは口々に噂しあった。さらにくわしい話を仕入れようと、仲蔵が文言を書き、売り出した読売を競って買い求めた。

読売は売れに売れた。七回刷ってもまだ足りなかった。際物師たちは、へとへとに疲れ果てていた。弥吉は足を腫らして、歩くのがやっと、というありさまだった。礼太にも日頃の威勢の良さはなかった。

いつもは、

「まだ売れる。もう一回刷って、売りに売りまくるんだ」

と檄を飛ばす仲蔵も、なぜか今度ばかりは違った。

「幻八さん、どうしちゃったのかな。逃げ切れなくて焼け死んだに違いない、と北の石倉の旦那がおっしゃってたが、おれにはそうはおもえねえ。いつものにたにた笑いを浮かべて、ひょっこり現れるような気がしてならねえんだよ」

肩を落として、ことある事に繰り返した。

玉泉堂は、評判の読売を売り出した板元らしからぬ、重苦しさに包まれていた。不思議なことに篤塾の焼け跡からは、救民講が集めた巨額の金子《きんす》が、一文も発見されなかった。

「どこかに隠しているのだ」

講中たちはそう噂しあった。篤塾の奥の座敷の床下から、さほど離れていないところにある森に鎮座《ちんざ》する閻魔《えんま》堂《どう》へ通じる抜け穴が発見されたことが、その噂に真実味をくわえていた。

日暮の里は、蔵前屋の寮近くに石倉五助の姿があった。いつになく表情が険しかった。眉間に皺《しわ》を寄せている。行く手に手入れの行き届いた木々に囲まれ、贅《ぜい》を尽くした蔵前屋の寮があった。

「急に浪人者の数が増えた。人相の悪い二本差しがうろうろしている。物のはずみで乱暴狼藉のかぎりを尽くす沙汰になりかねない。恐ろしいことだ、と訴え出た者がいたのでな。話を聞きにきた」

寮番の老爺を門前に呼び出した五助は、十手で掌を軽く叩きながら問うた。

「旦那さまは、篤塾の檜山篤石さまとかかわりが深うございました。あの救民講騒ぎ。檜山さまは行方をくらまされ、旦那さまは痛くもない腹を探られて何があってもおかしくないありさま」

「それで用心棒の数を増やしたのか」

「左様で」

「講中たちが『蔵前屋も救民講がらみでけっこう儲けているらしい。押しかけて強談判をし、なにがしかの銭をせしめるか』と相談しあっているとの噂もある。町方もそれとなく警戒にあたるが、用心するにこしたことはない」

「よろしくお願い申しあげます」

番頭あがりだという寮番は深々と頭を下げた。御店者《おたなもの》が、多額の品物を買い上げてくれたお得意さまを送り出すときにみせる、馬鹿丁寧な仕草に似ていた。

その日の執務を終え、夕七つ（午後四時）に千代田城から屋敷へもどった堀田安房守は、近習に日暮の里の蔵前屋の寮へ出向く旨を告げ、駕籠《かご》の用意をさせた。

「忍びゆえ供はこころきいた者数人でよい」

とつけくわえることを忘れなかった。

半刻（一時間）ほどのち、堀田安房守の屋敷から、数人の武士を従えた一丁の駕籠が出てきた。粛々と通りをすすんでいく。

建ちならぶ武家屋敷の塀の途切れたあたりから現れ出たふたりづれが、行列の後を追うようにゆっくりと歩きだした。よく見ると、ふたりは石倉五助の手の者の与吉と仙太であった。なにやら談笑しながら歩いていく。傍目《はため》には連れだって、どこぞへ遊びにいくとしか見えなかった。

堀田安房守を乗せた駕籠は日暮の里の、夕陽に紅く染め上げられた風光明媚な道筋をゆっくりとすすんでいった。行く手に見えるのは蔵前屋の豪勢な寮であった。

つけてきた与吉と仙太が足を止め、顔を見合わせた。

「手筈どおりにな」

「北の奉行所まで一気に突っ走りやす」

仙太がもと来た方へ駆けだしていった。

与吉は再び行列をつけはじめた。


北町奉行所の奥座敷の縁側で、着流しの遠山金四郎が足の爪を切っていた。

顔を上げていった。

「そうか。ついに動いたか」

庭先に仙太が控えていた。

「もう蔵前屋の寮に着いているはずで」

遠山金四郎が、足下に散らばった爪を庭へ払い落とした。

「押し入る支度にかかるか」

立ちあがった。


遠山金四郎は最奥に位置する座敷の廊下に立っている。

「入るぞ」

襖《ふすま》をあけた。

肘枕をし、背中を向けて横たわる浪人者の姿があった。

「王手をかける時がきた。存分に働いてもらうぞ」

遠山の呼びかけに男は何の反応も示さなかった。そのまま身じろぎひとつしない。


煌々《こうこう》たる満月が天空に坐していた。庭のあちこちに篝火《かがりび》がたかれている。

蔵前屋の寮の庭に面した広間では、月見の宴が催《もよお》されていた。堀田安房守の右隣りに蔵前屋辰蔵がいた。左隣りには、本来このような華やかな座にいるはずのない人物が控えていた。

檜山篤石であった。檜山篤石は学者然とした諸太夫髷《しょたゆうまげ》ではなく月代《さかやき》をきれいに剃り上げて、どこぞの藩の若き重職とみまがうほどの変わり様であった。

末席には黒岩典膳ら蔵前屋の用心棒たちや堀田安房守の家来、篤塾の住み込みの塾生らが控えていた。それぞれの前には酒や肴《さかな》がならべられた高足膳《たかあしぜん》が置かれてあった。

堀田安房守が檜山篤石を見やって、いった。

「さすがに檜山篤石、見込んだだけのことはある。かねての手筈どおりとはいえ、見極めてよくぞ篤塾に火を放った」

「読売であれだけ騒ぎ立てられては、救民講を使った金集めもままなりませぬ。積み金返還を目的に、講中に押しかけられたあのときが潮時と見定め申した」

蔵前屋が口をはさんだ。

「その踏ん切りがなかなかつかぬもの。檜山さまの度量が、救民講で集めた巨額の金子を、まさに坊主丸儲けのありようで残したのでございますよ」

「初期に講中に加入した者たちに、分配金を支払わずにすむよう、辻斬り騒ぎを起こして殺しつづけるのにも、限度がござるでな」

檜山篤石が薄く笑った。

「塵も積もれば山と申しますが、分配金などを払いもどして残った金子が一万両ほど。堀田さまの老中就任、大名に列するための加増を狙って幕閣の要人筋に働きかける裏金としては、十分な金額かと」

蔵前屋のことばに堀田安房守が応じた。

「すでにばらまいた金子が三千両近く。それだけでも、要人たちは我が意に添うよう動き始めている。近々狙いどおりの成果が出るはずじゃ」

檜山篤石に視線をうつして、つづけた。

「わしが大名に列すれば、そちは名を変え、城代家老になる身じゃ。参勤交代で不在の折りは、わしにかわって藩政を取り仕切る、首席の職責をも担うことになる。頼りにしておるぞ」

「ありがたきおことば、痛み入ります。冷や飯食いの旗本の次男坊に生まれた身、なまなかなことでは、一家をなすは難しかろうとおもっておりましたが、願ってもない機会を与えていただき感謝にたえませぬ」

頭を下げた。

「さあさあ、堅いお話はこれまで。深川から芸者衆を呼んでおります。華やかな月見の宴といたしましょうぞ」

蔵前屋が手を打ったのを合図に、三味線《しゃみせん》をかき鳴らし、小太鼓を叩きながら庭木の蔭から姿を現した十数人の芸者衆が、中庭で華やかな手踊りを繰り広げた。

小半刻（三十分）ほどたち、宴たけなわとなったころ、突然庭へ乱入してきた一群があった。

踊っていた芸者衆がさっと左右に散った。

捕物支度に身を固めた町方の与力、同心に捕り手たちと見える風体の一団であった。ざっと数えて百人はいるだろうか、なかに石倉五助の姿もあった。

黒漆塗陣笠をかぶり、革鞭を手にした武士が一団をかき分けてすすみでた。

「蔵前屋辰蔵ならびに檜山篤石、不審のかどあり、すみやかに縛《ばく》につけ」

「きさまは、他人から預かった講中札で分配金を受け取ろうと乗り込んできた遊び人。何のつもりだ」

救民講の事務方だった武士が立ち上がり、声をあらげた。

「北町奉行遠山左衛門尉景元《とおやまさえもんのじょうかげもと》である。そちとは会ったこともない。遊び人呼ばわり、無礼であろう」

「無礼とは、遠山、おぬしのほうだ」

縁側に歩みでた堀田安房守が仁王立ちとなった。

「若年寄堀田安房守である。町奉行の分際で身の程知らぬ振る舞い、許せぬ。ここにいる者はすべて余の知り人。手出しは許さぬ」

「救民講の貫主檜山篤石に疑わしきかどあり。捕らえて吟味いたす所存。若年寄といえども、天下の法を曲げてもよいとの定めはありませぬぞ」

「黙れ。他人の空似ということもある。風雅な月見の宴の場を、不浄役人どもが無粋な姿を晒して害するとは言語道断。すぐさま立ち去れ」

「不浄役人呼ばわり、たとえ若年寄といえども許せぬ」

遠山が一歩迫った。

「立ち去らぬときは不届きのかどあり、と幕閣に計ることになるぞ」

無言で見据える遠山金四郎が、手にした革鞭で堀田安房守を指し示した。挑発するかのような、剣呑さを含んだ動きだった。

「おのれ、不埒《ふらち》極まる。このままではすまさぬ」

控えた近習《きんじゆう》が掲げ持つ大刀を手にとった。

遠山は身じろぎもせず見据えている。

まさに一触即発の緊迫が、そこにあった。

と――。

縁近くに立つ老木の蔭から盗《ぬす》っ人被《とかぶ》りをし、着流した小袖の尻を端折《はしよ》った男が、酔っているのか足をふらつかせながら現れ出た。脇差を後方《うしろざま》に差している。渡中間《わたり》とおもえた。菰をかぶせた棒とおぼしきものを小脇に抱えている。

男はふらふらと堀田安房守に向かって歩み寄っていく。

のどかな春の野をゆくかのような、あまりにも場違いなその動きに、一同が呆《あっ》気《け》にとられた。

堀田安房守の前にさしかかったとき、男の手が菰《こも》包みに触れた。閃光が走ったかに見えた。

一瞬のことだった。

菰が庭に落ちた。菰に包まれていたものが露《あら》わになった。一振りの大刀だった。

男は同じ足取りで、縁先を横切って闇のなかに消えていった。

突然、何かが倒れ込む音が大きく響いた。

一同の視線が音のほうに向けられた。

「堀田さま」

蔵前屋が驚愕の眼を剝いて、呻いた。

庭先に首と胴が切り離された、堀田安房守の骸が転がっていた。

閃光と見えたのは、盗っ人被りの男が振るった見事な居合いの業だ、とさとった一同にざわめきが起こった。

断ち切るように遠山金四郎の声が響き渡った。

「堀田安房守様は急な病にて亡くなられた。かかれ。ひとり残さず捕らえるのだ」

捕り手たちが一斉に蔵前屋たちに打ってかかった。

それを見届け、傍らに控える石倉五助を振り向いて、告げた。

「盗っ人被りの男を追え。よいか、決して逃がすではないぞ。手際よくやれ。分かったな。手際よく、だぞ」

「は。手際よく、動きまする。与吉、仙太、追うぞ」

声をかけ、小躍りするように背中を丸めて男を追って走った。与吉、仙太と、数人の捕り手たちがつづいた。

「おのれ逃げのびてみせる」

檜山篤石が刀を抜き、捕り手たちと渡り合った。用心棒たちが大刀をふりかざし、捕り手たちと切り結んでいる。

隙をうかがって庭先へ走り出た蔵前屋の行く手に、遠山金四郎が立ちふさがった。

「蔵前屋」

「お見逃しを。わたしめは堀田さまに頼まれて手を貸しただけ。ただそれだけのことでございまする」

両手をあわせた。その脳天に遠山金四郎の革鞭が炸裂《さくれつ》した。蔵前屋は大きく呻いて崩れ落ちた。

「おのれ、どこへ失せたか」

走ってきた石倉五助が足を止め、左右を見渡した。与吉たちも足を止め、周囲に視線を走らせた。

「手間をとらせおって。あっちだ」

走り出した。与吉たちが後を追った。


盗っ人被りの男は手拭いをとった。

幻八だった。

外で石倉五助の声が聞こえる。足音が遠ざかった。ここは蔵前屋が寮にきたときに使っている座敷とおもえた。幻八の前に手文庫があった。違え戸棚に置かれていたものであった。蓋を開ける。なかには封印付の小判がぎっしりと詰まっていた。

「命を的に働いたんだ。このくらいの余《よ》録《ろく》を手にしても罰は当たるめえ」

小判をつかみだして、広げた手拭いの上に置いていく。手文庫には封印付十包みと小判七枚が入っていた。

「しめて二百五十七両か。悪くねえ」

手拭《てぬぐ》いで小判を包み込んで固く結ぶ。

懐に入れて立ち上がった。


幻八は本所入江町《いりえちょう》の遠山金四郎の私邸へ向かっていた。

「捕り物が終わったあと、我が屋敷に出向くように」

と遠山金四郎から告げられていた。幻八にとって、遠山金四郎こと遊び人の金さんは命の恩人でもあった。

幻八はその日のことを思い出していた。

篤塾の奥座敷で、幻八は崩れ落ちる天井の下敷きになるところだった。突然床板がはずれた。何者かの手で数枚の床板ごと床下に引きずり込まれ、転がり落ちた。幸いなことに、飛来する矢を避ける盾がわりにした畳みが床に倒れこみ、降り注ぐ火の粉を防いだのだった。

顔をあげると、不敵な笑みを浮かべた金さんがいた。

「見張ってたんだよ。講中のしんがりにくっついて一緒に篤塾に押し入った。屋敷内に踏み込んでいったのを見かけたんで、床下に潜り込んで足音をたどった」

「すまねえ」

「夜、何度か忍び込んでは床下にひそんで、檜山篤石たちの話を盗み聞いたものさ。勝手知ったる他人の屋敷の床下ってわけよ。火のまわりが早い。急がなきゃ危ないぜ。ついてきな」

金さんは屈んだ姿勢で床下をすすんだ。一気に外へ出た。

屋敷は炎に包まれていた。

「北町奉行所に身を隠せ」

「おれが死んだ。そう奴らにおもわせるんだな」

「うるさいのがいなくなりゃ、奴らに油断が生まれる。そろそろ王手をかけたいんだ」

「王手？」

「一働きしてもらいてえ。若年寄と江戸北町奉行じゃ格が違う。まともにやりあっちゃ長いものにまかれて、すべてがうやむやになる恐れがある」

「おまえさんには借りがある。借りは返す。それがおれの信条だ」

「頼りにしてるぜ」

北町奉行所の奥の一間に幻八はかくまわれた。

座敷からは一歩も出ないよう金さんからいわれていた。

今夕、着流し姿の遠山金四郎がやってきて、

「王手をかける」

といった。

その折り、

「役目を終えたら、本所は入江町のおれの屋敷へ向かってくれ。行けばすべてわかる」

とも告げられていた。

幻八は懐の膨れあがった手拭いに触れてみた。冷ややかな感触が心地よかった。

「いつもながら、いい手触りだぜ」

うっとりとつぶやいた。

突然、町家の蔭から白刃《はくじん》を振りかざした黒い影が斬りかかってきた。横っ飛びに逃れた幻八の懐から小判を包んだ手拭いが転げ落ちた。手拭いがほどけ、派手な音を立てて小判が散らばった。

「いけねえ。小判が泥まみれになっちまう」

拾おうと腰をかがめた幻八に鋭い剣先が迫った。鯉口を切り、抜いた大刀で強

くはじいた。

　強烈な一撃に黒い影はたたらをふんだ。体勢をととのえ、正眼に構えなおした。雲間から顔を出した月が、その顔を照らし出した。

　黒岩典膳《くろいわてんぜん》だった。

「蔵前屋の寮から尾行に気づいていた。無駄な殺生はしたくないんでな。どこぞへ消えてくれるのを願っていたんだ」

「蔵前屋はいい金蔓だった。飯の種を奪いやがって、腹の虫がおさまらぬ」

　半歩迫った。小判を踏みつけたのか鈍い音がした。

「小判を踏むな。汚れるじゃねえか」

　黒岩典膳が薄ら笑った。小判を蹴りとばした。飛び散って派手な音をたてた。

「見捨てられて当り前だぜ。大事に扱わねえから小判に嫌われたのよ」

「へらず口もそこまでだ」

　斬りかかった。

　幻八は横に飛んだ。刀の峰を返した。

「情をかけるわけじゃねえぞ。小判を血に染めたくないだけだ。拭きとるのが厄介だからな」

「おのれ、許さぬ」

大上段から大刀を振り下ろした。鎬《しのぎ》で受けた幻八と鍔《つば》競《ぜ》り合いとなった。肘で押し合い、飛び離れる。

小判を避けた幻八が体勢を崩してよろけた。

「死ね」

黒岩典膳が突きかかった。幻八は下段から逆袈裟《ぎやくげさ》に刀を撥ね上げた。典膳の躰が刀とともに大きくのびあがった。がら空きとなった脇腹に幻八の峰打ちが炸裂した。低く呻いて散乱した小判の上に倒れこんだ。その躰を蹴り飛ばす。

大刀を鞘におさめた幻八は、しゃがみこんで小判を拾い始めた。


入江町の時の鐘が深更四つ（午後十時）を告げている。私邸には裏門から入るように、と金さんからいわれていた。

幻八は裏門の扉を押した。何の抵抗もなく門扉が開いた。足を踏み入れた。数歩すすんで立ち止まった。

行く手に三人の人影があった。

眼を凝らした幻八の顔が驚愕に歪《ゆが》んだ。

駒吉が笑いかけていた。その傍らにお君が、石倉五助がいた。ふたりの顔にも笑みがみえた。

幻八が駆け寄った。顔をくしゃくしゃにして、怒鳴った。

「くそっ。みんなして、おれを騙しやがって。一芝居うちやがって」

ことばとは裏腹に、幻八はおもわず駒吉を抱きしめていた。

「騙しやがって。勘弁できねえ」

声が震えて、かすれた。駒吉を抱いた手にさらに力がこもった。


満月が冴え冴えとした光を放って、中天に居座っている。日暮の里の蔵前屋の寮の上に輝いていた満月と同じ月であった。

蛤町の住まいの、戸を開け放した縁側で、幻八と駒吉は湯呑みで酒を酌《く》み交《か》わしている。

「石倉の旦那から、玉泉堂の仲蔵さん、あんたのお父っさんや深雪さんたちと相次いで襲われた。こんどは駒吉、おまえたちが危ない。あんたの足手まといにならないように身を隠せ、とすすめられてね」

「拐かされたとみせかけた、というわけか」

「敵を欺《あざむ》くにはまず味方から、ということもある。あとのあしらいはおれにまかせてくれといわれて、つい」

「おれがどんな気持でいたとおもうんだ。情なしめ」

「そんなこと、いわないでおくれよ。石倉の旦那がいつになく、しつこかったんだよ。すぐにも辻斬りが襲ってくるっていうしさぁ。お君ちゃんの身を守ってやらなきゃいけないし……。わかっておくれな」

「聞かねえ。おれを虚仮《こけ》にしやがって」

「あんた、命がけであたしを助けようとしたんだってね。嬉しかったよ」

「眠い。話しかけるな」

幻八は横になった。肘枕をする。

「あたしの膝に頭をのせなよ」

「このままでいい。喋るな」

「冷たいねえ」

駒吉は湯呑みを手にした。

一口呑んだ。

「どうやらあたしは、本気であんたに惚れちまったみたいだよ。命がけで働いてくれる男は、あんた以外にひとりもいやしないよ」

幻八は寝返りをうって背を向けた。駒吉のことばに、ついつい浮いた笑みを隠すための動きだった。

駒吉は湯呑みを手に空を見あげた。

「あたしにとっちゃ、あんたは心底惚れた、最初で、最後の男さ。一目惚れして、日に日におもいが深くなって。あたしの負けさ」

酒を口に含んだ。

「あたしゃ、幸せ者だよ」

夢見るような駒吉のつぶやきだった。

煌《きら》めく月をわずかに隠した薄雲が、尾をひいて流れていく。

やがて……。

くっきりと姿を現した満月が、駒吉と幻八を照らし出し、柔らかな、つつみこむような光をそそぎつづけていた。

【参考文献】

『江戸生活事典』三田村鳶魚著　稲垣史生編　青蛙房
『時代風俗考証事典』林美一著　河出書房新社
『江戸町方の制度』石井良助編集　人物往来社
『図録　近世武士生活史入門事典』武士生活研究会編　柏書房
『図録　都市生活史事典』原田伴彦・芳賀登・森谷尅久・熊倉功夫編　柏書房
『復元　江戸生活図鑑』笹間良彦著　柏書房
『絵で見る時代考証百科』名和弓雄著　新人物往来社
『時代考証事典』稲垣史生著　新人物往来社
『考証　江戸事典』南条範夫・村雨退二郎編　新人物往来社
『江戸老舗地図』江戸文化研究会編　主婦と生活社
『新編　江戸名所図会　～上・中・下～』鈴木棠三・朝倉治彦校註　角川書店
『武芸流派大事典』綿谷雪・山田忠史編　東京コピイ出版部
『大江戸ものしり図鑑』花咲一男監修　主婦と生活社
『かわら版物語』小野秀雄著　雄山閣
『江戸の大変　天の巻』稲垣史生監修　平凡社
『江戸の大変　地の巻』稲垣史生監修　平凡社

『天保十四年　御江戸大繪図』人文社
『江戸切絵図散歩』池波正太郎著　新潮社
『嘉永・慶応　江戸切繪圖』人文社

コスミック・時代文庫

聞《き》き耳《みみ》幻八《げんぱち》 暴《あば》き屋侍《やざむらい》

2025年1月25日　初版発行

【著者】
吉《よし》田《だ》雄亮《ゆうすけ》

【発行者】
松岡太朗

【発行】
株式会社コスミック出版
〒154-0002 東京都世田谷区下馬 6-15-4
代表　TEL.03(5432)7081
営業　TEL.03(5432)7084
　　　FAX.03(5432)7088
編集　TEL.03(5432)7086
　　　FAX.03(5432)7090

【ホームページ】
https://www.cosmicpub.com/

【振替口座】
00110-8-611382

【印刷／製本】
中央精版印刷株式会社

乱丁・落丁本は、小社へ直接お送り下さい。郵送料小社負担にてお取り替え致します。定価はカバーに表示してあります。

ISBN978-4-7747-6609-6 C0193